思想的旅程

SIXIANG DE LÜCHENG

中共湖南省委宣传部 指导
湖南广播电视台 主编

湖南人民出版社
東方出版社

本书编委会

目录

源泉

丰民

无我

青绿

先手

大道

和合

本色

源泉

本章访谈嘉宾为中华文明探源工程专家王巍，《文汇报》高级记者、研究员郑若麟。

酷暑难当，大思想家孔子与众弟子困于陈蔡之间，一行人已经7天没吃上饭了。众弟子在树荫下饿得东倒西歪。一个弟子再次收紧了腰带，让自己不感到过于饥饿；一个满头大汗的弟子打开水囊仰头喝水，水囊里却只滴出了最后几滴；一个弟子打开米袋，里面空空如也；一个弟子环顾四周，揪下几根野草就开始狼吞虎咽。

孔子从兜里掏出最后半块面饼给了弟子，背过身向深林走去。

弟子道："先生……"孔子摆了摆手，径直离去。他走在一条幽深的小径上，步履逐渐蹒跚，每走一步，蝉鸣声更大几分，他眼前的世界也模糊起来……

突然，一阵礼乐之声响起，孔子循声望去，深林的尽头，似有微光。他起身追光而去，探入一个幽深洞口，前行几步，突然眼前一片光亮。孔子定睛一看，适才的森林已然不见，一处舞台赫然在目。

舞台上正在上演话剧《孔子》，百姓因战争流离失所，沿街乞讨。孔子一时心潮澎湃，眼中似有热泪，不忍再看，一转头，

◆ 孔子穿越回新时代询问观众如今是何朝代

正好撞见导演。

导演说："欸，马上就要上台了，你怎么还在这里！"他不由分说，拉着孔子就往上场的口子走。音乐暂停，到了孔子上场的时候。台上演员呼唤着剧中孔子，孔子站在舞台旁不知所措。导演一着急，将孔子推上台去。

孔子略显尴尬，转而冷静下来，索性席地而坐道："诸位！丘自鲁国来，敢问当今是何朝代？"

后台一阵骚动，导演快步登上舞台问："您是夫子本尊？"

孔子说："正是。"

导演："怪我眼拙，竟然没有认出是您老来了。现在已经是

2022年的中国了。”

孔子说:“2022？中国？小康乎？大同乎？”

导演连忙解释道:“中国特色社会主义早已进入新时代。新时代这10年，我们已全面建成了小康社会，正在努力实现中华民族伟大复兴呢！我把您周游列国的故事排成了话剧，如今年轻人非常喜欢传统文化，您看，场场爆满。”

这时，观众席全体起立鼓掌。

孔子看向台下，那里有许许多多的年轻人，有身穿汉服的、有戴着中国风元素饰品的、有T恤上印着孔子名言名句的……大家齐诵:“有朋自远方来，不亦乐乎！”

孔子急忙站起来，小步趋前，鞠躬行礼，继而陷入沉思:“丘周游列国，半生流离。未承想2500年后得见国泰民安、文运宏开，何乎哉？”

新时代中国传统文化的勃兴

【我们生而为中国人，最根本的是我们有中国人的独特精神世界，有百姓日用而不觉的价值观。】

如果孔子真的来到新时代，他可能比前面表现得更为震惊。因为现在的国潮很火，街上随处可见穿着汉服的“小姐姐”，故宫等博物馆的文创产品也广受年轻人追捧。在上海，我们可以买到创意特别的冰激凌，它的外包装盒形状创意来源于西周的大克鼎。大克鼎目前藏于上海博物馆，高93厘米，重201千克，有铭文290个字，是目前能够见到的最重的青铜圆鼎。2002年我国公布了第一批禁止出境展览的超级国宝，大克鼎就是其中之一。2000多年前的祭祀重器今天成为冰激凌的包装盒，年轻人非常喜欢。

文物IP走进生活，让它获得了第二次生命。这些文创产品反过来让博物馆的形象越来越亲切，让更多年轻人走进博物馆。2020年的故宫600年特展场面特别火爆。

上述现象是当前年轻人推崇国潮的一个缩影。国潮从字面上可以理解为国家+时尚+流行，简单来说，它是国家和民族文化的一种符号。

以国潮、国漫为代表的中国传统文化热潮的兴起，是新时代的一个显著变化。曾经老祖宗传下来的很多东西和我们尤其是年轻人产生了距离，但是国潮的兴起，让中华传统文化元素嵌入我们的生活，甚至成为我们追逐的对象，例如国潮运动服、故宫文创、“网红”李子柒等。

2022年北京冬奥会，从大写意“冬梦”会徽，到雪游龙、雪如意、雪飞燕、冰丝带等场馆的设计与命名，以及被网友们津津乐道的二十四节气倒计时短片都巧妙地运用了中国传统诗歌、节令文化、迎来送往的待人接物伦理，天下一家、四海之内皆兄弟的友善之邦传统。

将国尚、国潮推向世界，其实也是将中华优秀传统文化推向世界。据统计，2020年国漫市场的产值比2014年翻了一番，某款中国风游戏海外用户收入占到总收入的70%。

法国军事学院的墙上有一本书，法语名叫l'art de la guerre，意思是“战争的艺术”，其实就是我国的《孙子兵法》，这本书在法国是军事学院的必读图书。

外国人对“古老中国的神秘力量”格外感兴趣。还记得2016年巴西里约热内卢奥运会吗？美国游泳名将菲尔普斯赛前拔了火罐，带着一身火罐印登场，被中国网友调侃。

在英语中，火罐叫做cupping，国外视频网站上好多关于cupping的视频播放量超过100万次。在TikTok（抖音国际版）上，中医药相关标签的视频播放量超过了1.1亿次。英国歌手FKA Twigs也在网上分享自己治疗感冒的方法，她以为自己懂中医，网友打开图片一看，锅里正煮着生姜和香叶。其实，外国人好奇的不是这些方法，而是中国这个国家。

美国歌手唐伯虎（Annie）就对这些带有历史感的东方传统文化非常着迷，她曾用中国戏腔融入Rap创作，获得了无数网友点赞。2022年9月，为了探寻中国陶瓷背后的故事，她来到醴陵，见证了传承千年不熄的窑火怎样创造出“全球每4个瓷杯，就有1个产自醴陵”的奇迹。

醴陵是中国陶瓷历史文化名城。作为中国三大古“瓷都”之一，醴陵陶瓷生产历史已有2000余年，是世界釉下五彩瓷原产地和中国“国瓷”——“红官窑”所在地。东汉时期，醴陵的沩山就有做陶瓷的龙窑；清代晚期，沩山被称为“小南京”。2020年9月，醴陵被授牌“中国陶瓷之都”。

在醴陵瓷谷内，琳琅满目的醴陵釉下五彩瓷，在灯光照射下，晶莹润泽，华美俊逸，唐伯虎刚一见到，就发出“唯美、震撼、感动”的惊叹。

当年，毛泽东同志见到醴陵为他烧制的“四季花卉碗”，也称赞家乡的瓷器真美。这批被后人称为“毛瓷”并备受海内外收藏家追捧的陶瓷，采用的就是“白如玉、明如镜、薄如纸、声如磬”的醴陵“釉下五彩”工艺，代表着当今中国最高的制瓷水平。

来到这里的唐伯虎，有幸见到了中国陶瓷艺术大师，人称“花鸟皇后”的黄小玲，并跟着黄老师一起，体验了釉下彩具有特色的“分水法”。在黄老师的讲解下，唐伯虎才知道，单单一个“分水法”的基本功练习，就要两三年的时间。一支釉下彩的画笔，正放是放水，倒放是吸水，翻腾之间，即是一幅栩栩

◆ 《思想的旅程》第一集“源泉”的访谈场景

如生的瓷上彩绘。

泥与火的淬炼，艺术与生活的碰撞，古老与现代的交融，演绎五彩陶瓷华章。如今的醴陵，在传统文化与现代工业的结合中，厂房林立、大师云集，成批的陶瓷产品走向世界。

2021年，醴陵成功申报为第二批国家文化出口基地，成为全国唯一入选的县级市。釉下五彩瓷，更成为醴陵享誉中外的金字招牌。

走在瓷谷中的唐伯虎感慨，作为一个外国人，来到这里她非常荣幸。因为看到陶瓷作品的时候，她觉得虽然很有历史感，可离自己太遥远。但现在，她来到这些作品被创造的地方，可以看到作品背后的故事，这些作品都变得亲近了起来。

“中国的陶瓷在我们西方人的心目中，一直以来都是非常值得敬佩的、非常宝贵的一种艺术，我觉得这就是传统和现代的交响、艺术和科技的融合。”这是唐伯虎的感慨，也是每一个见到醴陵陶瓷的人的感慨。

为什么传统文化在新时代如此受追捧呢？这是因为国家富强了。经济是文化发展的基础。唐宋时期，中华文明大放异彩，远播海外，正是因为当时我们的生产力处于世界最高水平，日本的东大寺、法隆寺等，以及席地而坐的雅乐等习惯，都是受到唐宋时期的文化影响。法国在文艺复兴时期也非常推崇中华传统文化，伏尔泰就非常推崇孔子，他曾经在《论孔子》中写道：“没有任何立法者比孔夫子曾对世界宣布了更有用的真理。”雨果故居里专门有一个中国厅，里面的家具、瓷器、扇子等都体现着中国的传统文化。英法联军火烧圆明园以后，雨果曾经说，这是对人类最优秀的文明的亵渎。

近代以来，西方文化成为主导，甚至有学者指出，全球化实际上是西方文明的世界化，因为西方国家的经济实力在全球处于领先地位。而现在，中国经过40多年的经济增长，已经在2010年超过日本成为仅次于美国的世界第二大经济体。物质文明发展之后，民众对精神文化层面的需求就越来越强烈了，传统文化的复兴，正是适应了这种强烈的需求。

世界关注中国传统文化，也是因为强盛起来的中国，在世界上越来越多地发出了自己的声音。当然，中华文化本身的魅力是前提。我们国家有着100万年的人类史、1万年的文化史和

◆ 嘉宾王巍

5000多年的文明史，中华文明也是世界几大原生文明中唯一未曾中断延续至今的文明，它凝结着中华民族几千年的智慧。万年之前，我们的长江中下游发明了水稻的栽培，华北地区发明了粟、黍的栽培。9000年前，我们的祖先开始饲养家猪、酿酒，6000年前已经发明了丝绸。稻、粟、黍等对世界文明的贡献相当巨大。春秋战国时代的百家争鸣，那些思想家的观点今天仍然对我们有着深刻的影响，很多甚至融入了中华民族的血脉之中。四大发明带给世界各个方面的变革，为人类文明作出了巨大的贡献。

中华传统文化就是孕育今天中国的一个源泉，中国之所以成为独特的中国，就因为我们有独特的传统文化。就像习近平总书记说的："站立在960万平方公里的广袤土地上，吸吮着中

◆ 嘉宾郑若麟

华民族漫长奋斗积累的文化养分，拥有13亿中国人民聚合的磅礴之力，我们走自己的路，具有无比广阔的舞台，具有无比深厚的历史底蕴，具有无比强大的前进定力。中国人民应该有这个信心，每一个中国人都应该有这个信心。”[1]

新时代传统文化的勃兴，与习近平总书记的重视和推动也有着极为密切的关系。

哲学上有个著名的“三问”：我是谁、我从哪里来、我要到哪里去。其实这对于国家和民族也是一样的。习近平总书记就深刻思考过这个问题，他说：“我们从哪里来？我们走向何

[1] 《习近平谈治国理政》第1卷，外文出版社2018年版，第29页。

方？中国到了今天，我无时无刻不提醒自己，要有这样一种历史感。”[1]所以习近平总书记创造性地提出了“两个结合”：马克思主义基本原理同中国具体实际相结合、同中华优秀传统文化相结合。我们党在思想理论上有两个“老祖宗”：一个是马克思主义，另一个就是中华优秀传统文化。“老祖宗”就是根、就是源泉。所以，习近平总书记把中国传统文化提升到了一个前所未有的高度。我们说习近平新时代中国特色社会主义思想是中华文化和中国精神的时代精华，就是这个道理。

将传统文化的精华融入治国理政的过程

【只有坚持从历史走向未来，从延续民族文化血脉中开拓前进，我们才能做好今天的事业。】

习近平总书记把传统文化的精华都融入治国理政的过程。习近平总书记曾深刻指出，中国优秀传统文化“可以为治国理政提供有益启示，也可以为道德建设提供有益启发”[2]，“只有坚持从历史走向未来，从延续民族文化血脉中开拓前进，我

[1] 杜尚泽：《阔步走在中华民族伟大复兴的历史征程上》，《人民日报》2016年1月22日。

[2] 习近平：《在纪念孔子诞辰2565周年国际学术研讨会暨国际儒学联合会第五届会员大会开幕会上的讲话》，人民出版社2014年版，第7页。

们才能做好今天的事业”[1]。

“利于国者爱之，害于国者恶之。”这是春秋时齐国晏婴所说的两句名言。2018年5月2日，习近平总书记在北京大学师生座谈会上的讲话两次提到这两句名言，意思是说，对国家有利的人，就喜爱他；对国家有害的人，就憎恶他。

这两句名言出自《晏子春秋》。《晏子春秋》并非晏婴自己的著作，而是后人采缀晏子的言行整录而成。晏婴历仕齐灵公、齐庄公、齐景公，为齐国名相，被人尊称为“晏子”。晏子之所以说出这句话，是因为齐景公打算重赏谄谀之人，可大臣并不认同，景公非常恼火。晏子知道后，就主动进宫劝谏，提出君主喜欢对国家有利的人，厌恶对国家有害的人，那么贤良的人就会越来越多，奸邪的人就会越来越少；如果君主贪图享乐，顺从自己的就喜欢他，违背自己的就厌恶他，那么就会百姓离心，国家危亡。诸葛亮《出师表》中就有一句话：“亲贤臣、远小人。”

“备豫不虞，为国常道。”这句话是唐朝名臣魏征劝诫唐太宗时说的。当时，明明是王妃的父亲调戏宫女，唐太宗却听信谗言，惩罚了扣留王妃父亲的官员。魏征劝诫唐太宗不能妄加处罚，让外戚的私欲得逞，否则就可能引起争端。这就是“对

[1] 习近平：《在纪念孔子诞辰2565周年国际学术研讨会暨国际儒学联合会第五届会员大会开幕会上的讲话》，人民出版社2014年版，第14页。

可能发生的意外事先做好防备”。2018年习近平总书记在学习贯彻党的十九大精神研讨班开班式上引用了这句话，目的就是告诫我们党要始终保持忧患意识，越是取得成绩的时候，越要有如履薄冰的谨慎。

类似的例子还有很多，比如强调人类命运共同体的“和羹之美，在于合异”，强调坚持群众路线的“政之所兴在顺民心，政之所废在逆民心”等。

法国共产党前主席罗贝尔·于曾提出过这样一个问题，为什么中国共产党这么得人心，法国共产党只有几万名党员，中国共产党却有9600多万名党员？因为中国共产党全心全意为人民服务，是全然地付出。中国共产党人有着自己的“心学”，在加强党性修养中正己心、守初心、立天地心，强调跟优秀传统文化相结合，就能唤醒人们内心的精神力量，为党和国家的事业注入强大的动力。弘扬数千年来绵延传承的中华优秀传统文化可以最大限度地在社会价值中寻求观念共识，这对增强主流意识形态的凝聚力和向心力具有重要价值。

新时代强调跟中华优秀传统文化相结合，是因为中华优秀传统文化传承面临危机。过去有那么一段时间，有一种论调认为国外的月亮比中国的圆，崇洋媚外一度甚嚣尘上。说话总要夹几个英语单词，房地产项目起一堆的洋名字，有的幼儿园孩子不知道孔子是谁，却个个知道圣诞老人。有一句话叫“想要消弭一个国家，必先消弭其文化”，对自己的文化没有认同感，总是活在别人的话语体系里，这是一个巨大的危机。

2014年10月15日，习近平总书记在文艺工作座谈会上就强调：“如果‘以洋为尊’、‘以洋为美’、‘唯洋是从’，把作品在国外获奖作为最高追求，跟在别人后面亦步亦趋、东施效颦，热衷于‘去思想化’、‘去价值化’、‘去历史化’、‘去中国化’、‘去主流化’那一套，绝对是没有前途的！”[1]事实上，外国人也跑到我们这里寻找素材、寻找灵感，好莱坞拍摄的《功夫熊猫》和《花木兰》等影片不就是取材于我们的文化资源吗？

其实我们自己有一个巨大的宝藏，只是要挖掘好，利用好，像习近平总书记说的“学古不泥古、破法不悖法，让中华优秀传统文化成为文艺创新的重要源泉”[2]。

中华优秀传统文化是中华民族的精神命脉

【中华优秀传统文化已经成为中华民族的基因。】

“求木之长者，必固其根本；欲流之远者，必浚其泉源。”中华优秀传统文化是中华民族的精神命脉，是涵养社会主义核心价值观的重要源泉，也是我们在世界文化激荡中站稳脚跟的坚实根基。所以我们要增强文化自觉和文化自信。

---

[1] 习近平：《在文艺工作座谈会上的讲话》，人民出版社2015年版，第25页。

[2] 习近平：《在中国文联十一大、中国作协十大开幕式上的讲话》，人民出版社2021年版，第11页。

《文汇报》高级记者、研究员郑若麟曾有这样一次经历，他在法国的时候，有一家出版社让他写作一本有关中国文化的书。在给书起名的时候，他拟了书名《与你一样与众不同的中国文化》，意在表达中国文化与法国文化或是世界上其他文化一样平等且有差别，但法国出版社以法语不通为由拒绝了。其实，根源仍在于他们对自己文化的傲慢，他们认为，只有自己的文化才是正统、是主流。新时代的中国要想强起来，就要在西方本位视角的话语体系里面，开辟出自己的话语体系，从“玩家”到游戏规则的制定者，否则就只能等待别人的定义。

我们自己的话语体系从哪里来？首先就要从中华优秀传统文化中寻源，否则我们就会逐渐迷失自己。

举一个例子，我们说中华文明上下5000年，但在之前国际认定的中华文明的起源距今只有3300年，形成了“5000年历史，3000年文明”的尴尬局面。这就是我们要搞中华文明探源工程的原因。

商朝以前的历史不能被称为文明，是因为国际上认定的标准是“文明三要素”——城市、冶金术、文字的出现。而从已经发掘的文物来看，夏朝尚未发现成体系的文字，商朝之前的中国被认为不足以称为文明。

那这“文明三要素”的标准又从哪里来的呢？为什么我们要遵从这个标准，由他人定义我们的历史呢？我们研究了其他的古文明，发现这个标准是从距离欧洲更近的古埃及和两河流域文明中概括出来的。我们发现，以这个标准推演其他文明时，中美洲的玛雅文明没有冶金术，南美洲的印加文明没有文字，印度河流域的哈拉帕文明的文字只是交易的记录。这说明了文明的认定标准是欧洲本位的，其他的文明只能边缘化，成为世界文明版图的点缀。

这种文明的欧洲本位主义，其实是有意而为之。文艺复兴时期，西方还向我们的文明学习，工业革命之后，他们比其他文明要强大起来了，就开始贬低、边缘化其他文明。这种语境之下，他们提出了“文明三要素”，这样一来其他文明就成为世界文明版图的一种点缀。

那面对欧洲占据先机的标准，我们把“宝”押在了良渚遗址。

距今5000多年前的良渚遗址的发掘，展示了存在社会分化和统一信仰体系的早期区域性国家形态。这个国家形态存在鲜明的等级制度，王权具备调动超过10万劳动力建设大型工程的能力，建造了世界最早的水坝工程。诸多水坝已经矗立了5000年而不倒，在被考古学家发现真容之前，一直被当地人视作自然山体，有的至今仍在蓄水。古老的水利工程反映了良渚先民在坝址选择、地基处理、坝料选材、填筑工艺、结构设计等水资源管理的工程与技术方面的科学性，体现了我国早期城市与水利工程的整体规划能力。从这些证据来看，显然已经不能把5000多年前的良渚当成一个原始社会了。

我们请过来的100多位国际专家也有这个感觉。最终，我们提出了自己的4个标准。经过专家认定，最终将中华文明的

◆ 良渚遗址公园

实证研究提前到了距今5800年前。在2019年的联合国教科文组织世界委员大会上，大会主席郑重落槌，良渚古城遗址被成功列入了世界遗产名录。当然，除此之外，还有几代人投入中华文明探源工程的研究，实证了我国100万年的人类史、1万年的文化史、5000多年的文明史。

良渚遗址的发现可以说是中华5000年文明实证研究的一个关键支点。但是这个遗址差一点就毁于一旦。过去良渚遗址周边有6家采石矿，遗址危在旦夕。2003年，时任浙江省委书记的习近平同志了解到这个情况，第二天就赶到湖州现场调研。他斩钉截铁地说："良渚遗址是实证中华5000年文明史的圣地，是不可多得的宝贵财富，我们必须把它保护好！”[1]最终，这6家采石矿被关停了。

2016年，习近平总书记又专门对良渚申遗工作做出过指示。伴随着良渚遗址申遗的成功，中国已经成为拥有世界遗产最多的国家。

新时代，中华文明探源工程进行了不少主动性发掘、抢救性发掘。近年来的众多考古发现，揭示了中华文明的源流星汉灿烂。湖南的“考古女孩”钟芳蓉2022年也加入到了中华文明的探源工作中。

湖南北大“考古女孩”钟芳蓉走进中华文明探源工程第5期的重点工程——陕西神木市石峁遗址，加入考古工作队参与最新考古发掘。2012年起，陕西考古工作队对石峁遗址进行了10年的考古发掘，正与新时代中华文明探源的步伐同步。

石峁遗址被誉为“中华文明的前夜”，它距今4300年左右，与良渚遗址、二里头遗址同期，为当时中国北方政权的都城，这个迄今为止中国发掘的最大史前城址很有可能是夏朝末代君王桀的都城。这个黄土高原上巨大遗址的发现石破天惊，揭示了中华文明的起源并非只有中原文明。

[1] 本书编写组编著：《干在实处　勇立潮头——习近平浙江足迹》，人民出版社、浙江人民出版社2022年版，第223页。

新时代对中华优秀传统文化的保护，让中华文明的源流越来越清晰。

中华传统优秀文化是新思想的重要源泉

【要坚持马克思主义的根本指导思想，传承弘扬革命文化，发展社会主义先进文化，从中华优秀传统文化中寻找源头活水。】

习近平总书记曾说，他读书是比较杂的，基本上就是文史哲政治经济这些，很小的时候读小人书，《三国》《水浒》《红楼梦》《西游记》《岳飞传》。到了三四年级之后就开始试图看《水浒传》《西游记》原版了。读书最多的时候就是到农村插队的那段时期，在农村的时候他就是涉猎各种史书，史学他特别喜欢，后来二十四史也都有涉猎。

习近平总书记爱读书，尤爱读中国古典文学。在梁家河插队时，他扛个大箱子去了，满满一箱子全是书。从政之后，他更是格外重视对传统文化的保护和传承。

中国最早的影视基地不是横店影视城，而是位于河北正定县的《红楼梦》影视基地荣国府。1983年《红楼梦》筹拍，剧组要找外景基地。时任县委书记的习近平同志听到这个消息马上让人联系剧组，推动修建荣国府。修建荣国府，当时要300多万元，很多人怕亏钱，县里出了27万元，绝大部分资金都是通

◆ 1987年版《红楼梦》影视基地荣国府

过市场运作的方式筹集。当年就有130万人次来参观，游客排队排了一公里，门票收入221万元，旅游收入达到了1761万元。要知道，这是在1986年啊，非常超前。什么是对传统文化的创造性转化、创新性发展？这就是！后来，全国旅游工作会议都到正定开，还向全国推广“国内旅游正定模式”。

福建有一个三坊七巷，晋代时就有了。林则徐出生在这里、严复晚年也住在这里，林觉民、郁达夫、林徽因、冰心等都在这里生长或居住。1993年的时候，林觉民故居文物保护碑的背后被写上了一个刺眼的“拆”字。城市化的进程中间，遇到这样的冲突不奇怪。时任福州市委书记的习近平同志听到这个消息，马上到现场查看，听取文保专家的意见。后来三坊七巷就变成福州市辛亥革命纪念馆，开馆当天，习近平同志还给省外客人当起了讲解员。

在福建，还有一件文物考古界广泛传颂的事。福建三明有一个万寿岩遗址，是国内罕见的史前遗存，属于大约距今18万年到3.5万年的旧石器时代。它是一座孤零零的山体，由石灰岩构成。20世纪70年代，福建三明钢铁厂购得这一地块的采矿权，并在万寿岩山体上开采矿石。如果炸山开矿，整个万寿岩将不复存在。那些年，许多文物在经济发展大潮中被湮没。万寿岩能否幸免，让人也揪着一颗心。

关键时刻来了，2000年1月1日，时任福建省代省长的习近平同志对万寿岩遗址保护作出重要批示：三明市万寿岩旧石器时代洞穴遗址是我省史前考古的首次重要发现，也是国内罕见的重要史前遗存，必须认真妥善地加以保护。一声令下，矿山开采工作立即全面停止，危在旦夕的万寿岩遗址终于保住了。

在浙江，习近平同志成立了一个浙江文化研究工程指导委员会，他亲自担任主任。从此，西湖成为免费景区，龙泉青瓷入选了联合国教科文组织确定的“人类非物质文化遗产代表作名录”，成为这一名录中全球唯一的陶瓷项目。

在上海，习近平同志提出建设国际文化大都市，他说“经济是血肉，文化是灵魂”。

中国特色社会主义进入新时代，习近平总书记对传承发扬中华优秀传统文化更是念兹在兹。2020年9月考察湖南时，他就特地前往长沙岳麓书院，勉励莘莘学子要传承好弘扬好传统文化。

习近平总书记关于传统文化重要论述的“思想的旅程”

★ **2013年11月**，习近平总书记在山东曲阜孔府考察时提出：“中华民族有着源远流长的传统文化，也一定能创造中华文化新的辉煌。”

★ **2014年9月**，习近平总书记在纪念孔子诞辰2565周年国际学术研讨会暨国际儒学联合会第五届会员大会开幕会上提出要科学对待传统文化，强调“要坚持古为今用、以古鉴今，坚持有鉴别的对待、有扬弃的继承，而不能搞厚古薄今、以古非今，努力实现传统文化的创造性转化、创新性发展，使之与现实文化相融相通，共同服务以文化人的时代任务”。

★ **2014年10月**，习近平总书记在文艺工作座谈会上的讲话中提出：“‘求木之长者，必固其根本；欲流之远者，必浚其泉源。’中华优秀传统文化是中华民族的精神命脉，是涵养社会主义核心价值观的重要源泉，也是我们在世界文化激荡中站稳脚跟的坚实根基。”

★ **2019年8月**，习近平总书记在敦煌研究院座谈时强调：“文化自信是更基础、更广泛、更深厚的自信，是更基本、更深沉、更持久的力量。中华文明5000多年绵延不断、经久不衰，在长期演进过程中，形成了中国人看待世界、看待社会、看待人生的独特价值体系、文化内涵和精神品质，这是我们区别于其他国家和民族的根本特征，也铸就了中华民族博采众长的文化自信。”

★ **2020年9月**，习近平总书记在湖南岳麓书院考察时强调：“我们要坚定道路自信、理论自信、制度自信、文化自信，其中文化自信是更基础、更广泛、更深厚的自信，当代学生在传承中华优秀传统文化的过程中一定要进一步坚定文化自信！”

★ **2021年3月**，习近平总书记在福建朱熹园考察时提出：“如果没有中华五千年文明，哪里有什么中国特色？如果不是中国特色，哪有我们今天这么成功的中国特色社会主义道路？我们要特别重视挖掘中华五千年文明中的精华，把弘扬优秀传统文化同马克思主义立场观点方法结合起来，坚定不移走中国特色社会主义道路。”

★ **2021年7月**，习近平总书记在庆祝中国共产党成立100周年大会上提出：“新的征程上，我们必须坚持马克思列宁主义、毛泽东思想、邓小平理论、‘三个代表’重要思想、科学发展观，全面贯彻新时代中国特色社会主义思想，坚持把马克思主义基本原理同中国具体实际相结合、同中华优秀传统文化相结合。”

★ **2022年5月**，习近平总书记在主持中共中央政治局第三十九次集体学习时强调，中华优秀传统文化是中华文明的智慧结晶和精华所在，是中华民族的根和魂，是我们在世界文化激荡中站稳脚跟的根基。我们坚持把马克思主义基本原理同中国具体实际相结合、同中华优秀传统文化相结合，不断推动马克思主义中国化时代化，推进了中华优秀传统文化创造性转化、创新性发展。要坚持守正创新，推动中华优秀传统文化同社会主义社会相适应，展示中华民族的独特精神标识，更好构筑中国精神、中国价值、中国力量。要坚持马克思主义的根本指导思想，传承弘扬革命文化，发展社会主义先进文化，从中华优秀传统文化中寻找源头活水。

★ **2022年10月**，习近平总书记在党的二十大报告中指出：“中国共产党人深刻认识到，只有把马克思主义基本原理同中国具体实际相结合、同中华优秀传统文化相结合，坚持运用辩证唯物主义和历史唯物主义，才能正确回答时代和实践提出的重大问题，才能始终保持马克思主义的蓬勃生机和旺盛活力。”

因为有了中华优秀传统文化这个源泉，我们在习近平新时代中国特色社会主义思想中，随处可见传统文化的影子。比如全人类共同价值中的“和平”，就有“以和为贵”的内涵；我们追求的共同富裕，就有“不患寡而患不均”的理念，类似的例子不胜枚举。再比如“实事求是”是中国传统文化中的一个重要概念，不仅写在岳麓书院的牌匾上，也贯穿在中国历史发展的脉络里，更是成为“两个结合”的典范。

这个源泉在中国共产党百年奋斗史上是一以贯之的，我们党历来用历史唯物主义的立场观点方法看待中华民族历史，继承和弘扬中华优秀传统文化。早在1938年，毛泽东同志就深刻指出：“我们这个民族有数千年的历史，有它的特点，有它的许多珍贵品。对于这些，我们还是小学生。今天的中国是历史的中国的一个发展；我们是马克思主义的历史主义者，我们不应当割断历史。从孔夫子到孙中山，我们应当给以总结，承继这一份珍贵的遗产。”[1]什么是“马克思主义的历史主义者”，马克思就曾鲜明指出：“凡是民族作为民族所做的事情，都是他们为人类社会而做的事情，他们的全部价值仅仅在于：每个民族都为其他民族完成了人类从中经历了自己发展的一个主要的使命（主要的方面）。”[2]所以，从国际视野来看，民族的其实也

[1] 《毛泽东选集》第2卷，人民出版社1991年版，第533—534页。

[2] 中国社会科学院马克思主义研究院编：《马克思 恩格斯 列宁论意识形态》，人民出版社2009年版，第573页。

是世界的。

中国文化历来推崇“收百世之阙文，采千载之遗韵”。我们的文化其实是很有包容性的，习近平总书记提出的“两个结合”不但深刻改变了中国，相信也会对世界带来深远的影响。

300年前，法国开启了轰轰烈烈的启蒙运动。启蒙运动的思想家将中国视为理想的乌托邦，将孔子视为学习的老师。伏尔泰说：“孔子是真正的圣人！”孔子的人本思想、自律的道德规范启发了启蒙运动的先锋，引发了人类历史上一次伟大的思想解放，为资产阶级革命提供了思想基础。那么，今天，我们党奉行的“两个结合”，势必也会深刻影响着世界。

法国知名作家、时政评论家、记者马克西姆·维瓦斯认为，中国有着几千年的文明，也是唯一没有中断过的文明。中国尽管经历过可怕的苦难，比如饥荒和战争，其中包括英国和日本的侵略，但仍屹立东方。中国正在崛起，问题是要看如今的中国将如何利用其强大的国力。例如，面对气候变化，西方发达国家认为新兴国家应该作出更多的努力，亚马孙雨林应该得到保护，但是由于国家之间存在竞争，没有互助，只有威胁。每个国家都应该借鉴和谐发展和命运共同体的理念，这就是中国过去几十年在非洲所做的事情。包括法国在内的欧洲列强曾入侵非洲并对非洲进行殖民和掠夺，而如今的中国，尽管在非洲有很强的存在感，但并未派驻军队，也未干预当地的政治，而是派驻工人、技术人员和工程师。中国正在推行双赢的合作模式，而也许正是在非洲大陆，人类国际的合作正在实现。崇高的马克思主义与中华优秀传统文化相结合，不仅是中国的宝贵财富，也是世界各国人民的宝贵财富。

文化因交流而多彩，因互鉴而丰富。随着我国不断发展壮大，美国等西方国家开始有焦虑感，有人就大肆炒作所谓“文明冲突论”。事实上，人类只有肤色语言之别，文明只有姹紫嫣红之别，但绝无高低优劣之分。习近平总书记就强调我们要用文明交流交融破解“文明冲突论”，弘扬中华文明蕴含的全人类共同价值，向世界展现可信、可爱、可敬的中国形象。展现中华文明的悠久历史和人文底蕴，促使世界读懂中国、读懂中国人民、读懂中国共产党、读懂中华民族。

总之，习近平总书记在论述中华优秀传统文化时用过很多关键词：“中华民族的基因”、“民族文化血脉”和“中华民族的精神命脉”等。新时代对中华优秀传统文化的传承与弘扬，使其成为民族精神的源头和“老根”，为全球华人提供了“精神家园”，增强了民族自信心、民族自豪感和民族凝聚力。同时，社会主义在中国发展到今天，融入了浓浓的中国特色、中国风格和中国气派，也让世界看到了人类文明的新形态。

源泉

丰民

无我

青绿

先手

大道

和合

本色

丰民

本章访谈嘉宾为复旦大学中国研究院院长张维为、中国人民大学国际关系学院教授王义桅。

755年是唐朝由盛世转向衰落的一年。这一年的11月，“诗圣”杜甫赴奉先（今陕西省蒲城县）省家，他刚进到家门就听到哭声，原来他的小儿子饿死了。看尽了唐朝盛景的他内心悲痛不已，挥笔写就《自京赴奉先县咏怀五百字》名篇，发出了“朱门酒肉臭，路有冻死骨”的呐喊。也是在这一年的11月，安史之乱爆发，盛唐由此坍塌。杜甫从此过上战乱流离、寄人篱下的生活。764年，他寄住在成都的茅屋在秋风暴雨之中破败，饥儿老妻，彻夜难眠，他内心既无奈又痛苦，于是写下了《茅屋为秋风所破歌》，发出“安得广厦千万间，大庇天下寒士俱欢颜”的向往，希望天下像他一样的寒士能住有所居。

时代是思想之母，实践是理论之源。杜甫生活在唐朝由盛转衰的时期，而在包括唐朝在内的封建社会以及之前的奴隶制社会、之后的半殖民地半封建社会，社会生产力低下，人民生活物质十分匮乏，即便文人骚客歌颂的汉武盛世、贞观之治、开元盛世也只是极少数人的狂欢，绝大部分老百姓依然吃不饱、穿不暖，有茅草屋住就不错了。就连杜甫，好歹是个大诗人，

◆ 杜甫在十八洞村吃长席宴

诗写得好，也得到过皇帝的赏识，担任过检校工部员外郎、左拾遗等职，是个体制内官员，但是他的孩子都饿死了。离开体制后，他只能住茅草屋，一到秋天还破了，搞得无法睡觉。在封建社会最为繁荣的康乾盛世，英国来华使团成员约翰·巴罗也没有看到任何人民丰衣足食的图景，触目可及的是贫穷落后的景象。甚至有人将康乾盛世中的乾隆王朝描述为“饥饿的盛世”，这也是不无道理的。

2022年，中国特色社会主义进入新时代已10年。新时代的这10年，中国人民彻底消除了困扰了中华民族几千年的绝对贫困问题，全面建成了小康社会，大踏步奔向共同富裕之路。如果杜甫能够穿越到2022年的中国，他绝对写不出那些忧国忧民的诗句。或许，他在坐车时会像孟郊一样，写下类似“春风得意马蹄疾，一日看尽长安花”的诗句，也可能在逛商场时像李白一样，写下类似“长安一片月，万户捣衣声”的诗句，更有可能像白居易一样，发出类似“政和世理音洋洋”的感叹。又或许，他在十八洞村吃长席宴时，会像刘禹锡一样，发出“旧时王谢堂前燕，飞入寻常百姓家”的感叹，甚至悄悄地将《杜工部集》中写有“穷年忧黎元，叹息肠内热”等内容页撕掉，免得掉面子。

必须啃下贫困这一块硬骨头

【消除贫困、改善民生、实现共同富裕，是社会主义的本质要求。】

2008年夏，宁夏中宁县喊叫水村，这是一个把对水的渴望写在名字里的村庄，村民们正在干涸的高原上呼唤雨水。当地的诗人说，喊了几辈子，地面上到处都是咧开的嘴巴。在村里，门可以不锁，但水窖的盖子一定要盖上。媒人说媒，一到婆家，首先要看存了几窖水，没水的人家的儿子很难娶上媳妇。天旱到一滴雨也不肯下的时候，乡亲们便要十里八里地去

◆ 宁夏回族自治区喊叫水村村民往家里运水

排队，到几十米的大沟深处去打点苦水来活命。这苦水苦得连牲口都不肯喝，骗牲口喝水的方法，是在苦水上撒一层牲口爱吃的麸子，牲口喝掉一层抬头看看，人们再撒上一层。实在没有水的时候，人也只能喝苦水，苦水矿物质含量高，喝得多了，乡亲们的脸都是黑红的，就连驴的毛色都发绿，像是苦水的颜色。为了水，人们要撕破脸皮要流血；为了水，有人被挖窖时突然塌下的黄土砸伤砸死；还是为了水，整村的人们要去寻找新的水源地，新的希望。他们没有见过水龙头里流出的清澈的水，更不知道城市里随时可以洗澡是怎样一种奢侈的享受。

改革开放以来，我国经济一直保持高速发展，但是由于人口基数大、底子又太薄，在东南沿海等地发展迅速的同时，一些区位闭塞的深度贫困地区没能赶上时代发展的步伐，出现了贫富拉开差距的情况。2008年，我国基尼系数达到了0.491的峰值，超过了0.4的国际警戒线。在城镇居民年均收入达到15781元的同时，还有4000余万的农村人口年收入不足1067元，喊叫水村就是其中之一。

富裕的极端一面又是怎样呢？2011年初，《人民日报》发了一篇题为《奢侈品为啥卖得这么火》的文章，报道了一辆售价3000万元的意大利顶级跑车布加迪在车展开馆2小时后就被一名男子买走；售价100万美元的伯爵表，买主大多是中国人。2012年初，光明网的一篇文章提到，世界奢侈品协会的监控报告显示，春节期间，中国人在境外奢侈品消费累计达72亿美元，创下历史新高。

必须指出的是，在市场经济中，贫富差距是经济发展必然出现的结果。法国经济学家托马斯·皮凯蒂在《21世纪资本论》中提出，资本的收益率高于劳动的收益率，在没有外力干预的情况下，多年累积下来必然是有钱的人越来越有钱，穷人越来越穷。2012年，美国的基尼系数达到了0.45。

我国的贫富差距跟西方又不一样，不会像西方的经济寡头那样出现财富过于集中在极少数人手中的情况。因为我们走中国特色社会主义道路，虽然重视市场原则，但也强调以有为的政府行为去调节市场，不能任由市场无序扩张。我国出现基尼系数拉大的现象，主要是历史原因。

可以说，贫富差距的产生是经济发展的一个过程，跟中国参与全球化分工的地域、现有秩序有关。从历史的眼光来看，一直到十七八世纪，中国都是世界上最富庶的国家之一。但鸦片战争之后，我们由于种种原因，国家变得一贫如洗。新中国成立的时候，中国的人均收入非常低，底子很薄。

怎么解决普遍贫困问题？以毛泽东同志为代表的中国共产党人选择了从改造旧的生产关系即经济基础入手彻底改变中国贫穷落后的面貌，通过社会主义改造建立了社会主义经济基础，领导人民走上了社会主义道路。改革开放后，邓小平同志提出，一部分地区、一部分人可以先富起来，带动和帮助其他地区、其他的人，逐步达到共同富裕。随着我们全面融入经济全球化，产业布局在沿海地区，引进了很多外资，于是沿海地区实现了先富。富裕起来以后的沿海地区产生虹吸效应，吸引了很多内陆的劳动力、资源，相比之下，内陆地区相对比较贫困，这是自然分工造成的。

我们要采取政府的手段来调节市场，扶助贫困，调节贫富差距。一方面，从1999年开始，我们实施西部大开发战略，整个中西部地区发展速度连续20年超过沿海地区，中西部地区和沿海地区形成了高度的良性互动机制。另一方面，我们着手先富带后富，扶助贫困。

从2010年起，我国开始大幅度提高官方贫困线，2011年比2009年提高了92%，之后动态提升。提高贫困线，意味着更多低收入人口将被纳入扶贫范围，从数字上看，人数自然是增加的。2008年我国绝对贫困人口是4007万，到2011年已经增加到了1.28亿人。如此多的贫困人口，是摆在当时新一届党中央面前的一个十分棘手的问题。

党的十八大以来，习近平总书记反复强调，要坚持以人民为中心的发展思想。党的十九大报告指出，中国特色社会主义进入新时代，我国社会主要矛盾已经转化为人民日益增长的美好生活需要和不平衡不充分的发展之间的矛盾。党的十九大还为中华民族伟大复兴制定了“两个一百年”奋斗目标的时间表。这些都契合到了一句话上：人民对美好生活的向往，就是我们的奋斗目标。所以，要让经济发展薄弱地区的困难群众共享新时代发展的成果，消除绝对贫困，就是必须啃下的一块硬骨头。那么，如何破解贫困这一世界性难题？让我们回到2012年的时间点。

从精准扶贫到乡村振兴

【让老百姓过上好日子是我们一切工作的出发点和落脚点。】

2012年12月，刚刚当选党的总书记不过一个多月的习近平同志来到河北阜平看望贫困群众。当天阜平的气温低到零下十几度，习近平总书记踏雪而来，他心里最放心不下的还是困难群众。2012年，全国贫困人口还有9899万人，这对总书记触动很大，所以他当时在阜平说了一句话："消除贫困、改善民生、实现共同富裕，是社会主义的本质要求。"[1]习近平总书记一直牵挂着人民群众，扶贫工作是他工作的一个重要内容，也是他花精力最多的一项工作。看到人民群众生活存在困难，他感到揪心。群众生活每好一点，他都感到高兴。

2013年11月，习近平总书记来到湖南十八洞村考察。11月3日，在施成富家门前的小院里，习近平总书记第一次提出了"精准扶贫"，为中国减贫按下了加速键。他形象地对大家说，"手榴弹炸跳蚤"是不行的，抓扶贫切忌喊大口号，也不要定那

[1] 《习近平谈治国理政》第1卷，外文出版社2018年版，第189页。

◆ 嘉宾王义桅

些好高骛远的目标，要一件事一件事做。把工作要做细，实事求是、因地制宜、分类指导、精准扶贫。当时村里人均年收入不过1000多元，贫困发生率超过50%，村集体经济更是一片空白，泥巴路、土坯房、没有自来水，像石拔专老人家里，唯一的电器就是一盏昏暗的电灯。“精准扶贫”方略非常了不起，后来传遍全国，成为指导脱贫攻坚的金钥匙。成千上万个十八洞村的命运开始得到本质的改变，困扰我国多年的绝对贫困问题得到解决。

从扶贫对象精准、措施到户精准、项目安排精准、资金使用精准、因村派人（第一书记）精准、脱贫成效精准的“六个精准”，到坚持分类施策、因人因地施策、因贫困原因施策、因贫困类型施策，通过扶持生产和就业发展一批、通过易地搬迁

◆ 嘉宾张维为

安置一批、通过生态保护脱贫一批、通过教育扶贫脱贫一批、通过低保政策兜底一批，广泛动员全社会力量参与扶贫，可以说，精准扶贫的16字方针，抓到了问题的核心。

相比之下，我们可以看到美国的扶贫，与“精准”二字毫不相干。在美国，民众收入低于某个数值时，就可以申请扶贫资金，但第二年如果还未摆脱贫困，美国政府并不会过问。

对弱势群体的不同态度，中美两国也有着根本区别。我们的精准扶贫，帮助了很多大山里的穷苦老百姓。从某种意义上说，他们在舆论场上的话语权最少最弱，但我们照样做，这是做实事。在美国，有一个相当大的群体叫“无家可归者”，在这个群体中，很多不识字而无法填报扶贫申请表的人会被直接忽视，因为他们没有发声的渠道，更没有选票，美国的政客不会管他们的死活。这就是社会主义和资本主义的区别。我们的扶贫，是真扶贫、扶真贫，是精准扶贫。

在国际比较中，我们可以看到，中国扶贫标准一直是相对较高的。前文提到，我们的贫困线一直在动态提升。随着精准扶贫的推进，我们又提出了“两不愁、三保障”的动态指标，“两不愁”就是稳定实现农村贫困人口不愁吃、不愁穿；“三保障”就是保障其义务教育、基本医疗和住房安全。有调研团队曾在云南的一个贫困县做过调研，为了实现“两不愁、三保障”的目标，政府的投入折算成人民币，一个4口之家大致需要14万—57万元。这是相当大的一笔支出。中国在实现9899万人口全部脱贫的同时，“两不愁、三保障”的目标全部实现。

反观美国，阿富汗战争整整20年，造成十几万人死亡，花费2.3万亿美元。而我们从2013年开始精准扶贫，各级政府的投入是1.6万亿元人民币，折合成美元是2300亿到2500亿。我们用了阿富汗战争花费的大约1/10，消除将近1亿人的贫困。如果借鉴中国经验，把美国这2.3万亿美元用于扶贫，全世界的贫困问题将得到解决。但美国并没有这样做，他们把这些可以让国内相当多民众实现免费医疗、免费教育、减轻通货膨胀的钱，全部用来对外扩张，用在为军工企业谋利。

联合国在制定2030年可持续发展议程17个大的目标时，第一个目标就是摆脱贫困，而中国是唯一一个提前10年全面实现17个大的目标的发展中国家。

“精准扶贫”这个概念的提出，可能是习近平总书记长久以来念兹在兹的，到了十八洞村突然就灵感迸发了，但是“精准扶贫”理念毫无疑问是一以贯之的。比如，习近平同志在担任宁德地委书记的时候，有一次去下党乡调研，他就提出过“要以一村一户一人为对象去想路子、去解决问题，一个项目一个项目地上”。后来，面对“一方土地养不活一方人”的赤溪村，他又提出整体搬迁的“换血式”扶贫，赤溪也成为中国扶贫第一村。

在福建，习近平同志写了一本书叫《摆脱贫困》，里面有很多精准扶贫的思路。这本书曾应非洲领导人的要求译成法文和英文，在非盟总部发布，非洲人对这本书非常感兴趣，他们很疑惑，中国人为什么在几十年间发生了翻天覆地的变化，中国摆脱贫困的逻辑是什么？他们希望可以从这本书中找到答案，来解决他们的贫困问题。

新时代这10年来，大家也可以看到，“精准”二字始终伴随着总书记治国理政的全过程。

2015年，党中央发出打赢脱贫攻坚战的总攻令。2021年4月，9899万农村贫困人口全部脱贫，完成了消除绝对贫困的艰巨任务。2021年7月1日，建党100周年的重要时刻，习近平总书记在天安门城楼庄严宣告我国全面建成小康社会。

让每一个人都过上好日子，这是我们社会主义制度的优越性，而为人民谋幸福则是我们每一个共产党人的宗旨。

伟大建党精神其中就有一条：“不怕牺牲、英勇斗争”。为了人民解放，全国为革命牺牲的共产党员和仁人志士达到2100

万人。和平年代，不怕牺牲仍然是共产党人的底色。在这场减贫大战役中，我国累计有300多万名驻村干部、第一书记和数百万名基层工作者奔赴一线，超过1800人牺牲。100多年了，我们党从来不忘初心，只会把初心擦得越来越亮。

2022年，作为精准扶贫首倡地的十八洞村，和“山乡巨变”的清溪村牵手，共同推进实施乡村振兴战略，为共同富裕继续探路。在奔往共同富裕的新征程上，我们党如何进一步擦亮初心？让我们到福建宁德来看一个故事。

2021年8月6日，台风“卢碧”登陆福建，福建多地出现强降雨天气。

宁德霞浦县古县村同样暴雨如注。眼见雨越下越大，村支书孙丽美坐不住了。她深知，村庄上游有一座未设护栏的水泥钢筋便桥，如果被冲垮，洪水便会倒灌进良田，农作物就全毁了。冒着大雨，她叫起3位同事，走出办公室，开始了顶风逆行巡查。

此时的金沙溪水暴涨，浊浪滔天。汹涌的洪水在风雨中冲击着桥身，被洪水裹挟的树干藤草堵塞住了桥下的圆形涵洞，增加了桥身承受的阻力。

孙丽美一行人刚踏上桥面，就感受到了脚底的颤动。没有一丝犹疑，孙丽美立刻蹲下身子打算扯开藤草，清理淤塞。可洪水的冲击力让她一个趔趄跌落桥下。

3位同事一拥而上，拉住了她的手，可孙丽美的身体已经被卷入涵洞之中，水流吸力极大，3人使尽全力，仍拉不上来。在风雨、水流交织的喧响中，孙丽美高声喊道："你们不要下来！别管我！"

最终，孙丽美被洪水卷走。当晚9时许，村民们找到了她的遗体。年仅44岁的她，永远闭上了眼睛。

有村民说："我在村里待了20年，再也没有这么优秀的人，她的办公桌就设在办事大厅的第一个窗口；她人生的最后两条朋友圈，一条是抗疫，一条是抗台风。"

村民彭则安哽咽难言："你说她好在哪儿？一个把老百姓当成亲人的干部，她怎么能不好！阿美改变了我女儿的命运，也改变了我一家人的命运。"

彭则安是古县村村民，一家6口人靠务农为生。2010年他患上血管瘤病，两次手术掏空了家底，还欠下10多万元债务。2016年，考上福州大学的女儿放弃升学机会，进城打工。当时还是村计生管理员的孙丽美对他说："再苦再穷，也不能让孩子没书读！学费你不用担心，我来想办法。"几天后，孙丽美帮助申请到5000元助学金，解了燃眉之急。2020年，彭则安的女儿考上了厦门大学研究生。

年过古稀的残疾人杨兆科，大儿子患精神病，住院治疗费差500元，阿美二话不说，自己补上。孙丽美还为他申请了贫困户房屋修缮费、残疾人创业基金、扶贫发展资金共5万元，扶持他搞种植、养殖，帮助他小儿子当上护林员，杨兆科家顺利脱贫。孙丽美殉职后，老人家老泪纵横，"这么好的人，老

◆ 古县村航拍

天也不保佑她！”

孙丽美生前常对丈夫杨亮顺说：“古县村就是我家，村民都是我的家人。”她心系着工作和群众，大家都亲切地叫她“阿美书记”。在阿美和村两委成员的努力下，古县村2019年提前完成脱贫任务，人均收入从2018年前的1.8万元提高到2020年的2.6万元，村集体收入从0增长到了50万元。

为了纪念孙丽美，村民们特地在她牺牲的地方修建了一座公园，取名叫作“华美”。

2021年8月31日，中共中央宣传部追授孙丽美同志“时代楷模”称号。

现在的古县村街巷有序，风光宜人。贯穿村里的主路完成了“白改黑”，村内的土路也基本上硬化了，电线下了地，河道两侧装上了护栏，村里的环境更美了。古县村的村民们说，他们会按照孙丽美的设想，继续走好乡村振兴路，一定完成阿美的心愿。

虽然扶贫办变成了乡村振兴局，但是在乡村振兴的一线，党员干部的牺牲奉献丝毫没有改变。从精准扶贫到乡村振兴，正是众多像孙丽美一样的基层干部，为我们带来了乡村的巨大变化。没有哪个国家，会像我们这样全身心地，投入到这样一个宏大的工程中。包括联合国在内的很多国际官员在中国考察了以后，都很难想象，一个穷乡僻壤的地方上的书记，都能够做到一心一意致力于让群众摆脱贫困，把贫困当作头等大事来抓，只有中国共产党才能做到这一点。

同样，举国体制也一直在发挥着十分重要的作用。贫富差距其实本质上是发展不平衡的问题，我们如何达成动态平衡？这就需要有一只无形的手，在资金、资源等各方面进行调控。

“胡焕庸线”是一条以我国地理学家胡焕庸命名的我国人口密度的对比线，是从黑龙江黑河到云南腾冲，差不多45度的一条线。长期以来，“胡焕庸线”东南侧分布着我国96%的人口，西北侧仅有4%的人口。与之相反的是，3/4的资源分布在西北侧，1/4的资源分布在东南侧。近半个世纪来，“胡焕庸线”西北侧人口占全国的比重只提升到6%。资源与人口的矛盾，要求我们必须发挥举国体制的作用。

新时代的这10年来，“胡焕庸线”西北侧的亮光区域越来越多，变化非常大。亮光变多，意味着路网与电网等基础设施的增加，当然，也意味着生产生活活动的增加。一盏一盏亮起的灯光，就是举国体制之下，一步一步走出的均衡发展成果。

动态平衡就像这样，关键就是要把中国不同的地方看作不同的板块，然后把不同板块之间的良性互动的关系建立起来，例如很多来自上海的厂家，他们的数据就是在贵州的深山中计算的，因为那里的温度低，适宜超级计算机散热，包括天眼射电望远镜也在贵州。

中国幅员辽阔，地域差异巨大，要确保相对发达的板块与发展中的板块实现良性的互动，需要强大的顶层设计、组织力量、协调力量和执行力量。其中，举国体制就发挥着很大的作用。举国体制的最大特点就是集中力量办大事。集中力量办大事有两个非常重要的条件：一个是党的领导，一个是公有制占主体。

中国比较好的就是走出了一条自己的独特道路，叫社会主义市场经济。它既发挥政府的作用，也发挥市场作用，既发挥国有企业作用，也发挥民营企业作用，比如为什么我们的电子商务走在世界最前端？各种生活需求一部手机可以全部搞定？背后实际上就是这么一个互动的关系。

国有企业负责基础设施建设，一流的高铁、一流的公路、一流的通信设施，在国有企业的推进下，我们现在5G基站超过180万个，98%的土地覆盖了光纤通信，远远超过美国等西方国家。同时我们的民营企业也利用这个机会做强做大，把他们能够做的发挥到极致。叠加的效果，就是中国诞生了世界上最精彩的移动互联网的消费革命。

扶贫同样如此，任何一个村庄都有光纤通信，有5G、有智能手机，2022年中共湖南省委在长沙举行的“中国这十年·湖南”主题新闻发布会上，省委书记张庆伟就提到，“最偏远的山乡都用上了移动支付”。反观西方国家，以美国为例，走到郊区，手机就没有信号了。因为投资基础设施，社会成本太高，收益太慢，美国的私营企业不愿意做，这是西方制度解决不了的矛盾。

同样，在海拔高、地形复杂的地方建设电网，难度高、费用大，很多国家都放弃了这些地区的通电，比如我们有的邻国，偏远农村根本就没有电力供应。我国是全球唯一一个实现全民通电的国家，哪怕架设18根电线杆为一户人家通电；哪怕西部地区为一户人家通电的成本高达1.33万元。

如此高的通电成本，主要靠财政中的转移支付来解决。通俗地说，用东部的钱，去帮助西部搞建设。但这并不意味着东部在供养西部。就拿四川来说，其水电生产稳居全国首位，但负责开发电力的央企，利润直属中央，四川并没有受益。一些能源、人口大省，为全国输送了发展的资源，牺牲了很多自己的利益，转移支付只是弥补了他们为全局发展做出的贡献。在西方国家，像美国一个州去帮助另外一个州，这是很难想象的。不同省份之间，有各种各样的互相协作的关系，这是中国模式很精彩的一部分。

共同富裕的实现离我们越来越近

【共同富裕是社会主义的本质要求，是中国式现代化的重要特征。】

共同富裕最重要的是什么？一是“发展”，一是“共同”，就是既要把蛋糕做大，也要把蛋糕分好。怎么分？那就要通过合理的制度安排正确处理增长和分配的关系，加强基础性、普惠性、兜底性民生保障建设，缩小城乡、区域发展差距。当然，分配机制也很重要，比如第三次分配，提倡资源富集的一方以公益的形式帮助相对落后的一方等。

第三次分配不是杀富济贫，而是在高水平发展的基础上实现共同富裕。因为我们现在经济增长已经从原来的出口投资拉动，朝向消费和创新的拉动，共同富裕才能解决经济发展新的动力的问题。就像一句俗语，大河有水小河满。

反观美国有很多慈善基金会，实际上是富人为了避税逃税而设立的。很多钱不是真正用来帮助穷人，反而从事各种各样的所谓的“事业”，例如给他们的很多活动进行包装，甚至包括在其他国家搞“颜色革命”。

北欧国家也是这种模式，他们通过提高税收，来帮助弱势群体。但现在北欧模式遇到很大的挑战，造成了“养懒汉”的局面，很难持续。就像希腊染上的“富贵病”：在福利和劳工保护政策上，希腊向欧盟标准看齐，但在劳动生产率等一系列经济指标上，希腊达不到欧盟的平均标准，只好靠发国债、借外债过日子。时间一长，主权信用危机就出来了。

在操作上，我们其实已经有了具体的路线图。2021年，习近平总书记在《求是》杂志发表重要文章《扎实推动共同富裕》，提出“现在，已经到了扎实推动共同富裕的历史阶段”，并为推动共同富裕提出了6点要求。这6点要求，其实很像做蛋糕和分蛋糕的过程。一是发展的平衡、协调、包容，它就像和面粉，要细致均匀，这是纲领性的纲举目张。二是扩大中等收入群体规模，它就像蛋糕坯，构成整个蛋糕的主体，这一块没夯实，想做很多层的大蛋糕是不可能的。我们要想进一步发展经济，刺激消费，给富人增加收入的意义并不大，因为这一群体的消费很难有提升空间。但相对弱势的群体增加收入后，消费会显著提高，这样的良性循环之下，中国经济才会更上一个台阶。三是基本公共服务，就像蛋糕每一层都要有的奶油。四是对高收入的规范和调节，比如蛋糕最上面的造型，太高了会让它失衡。五是精神生活共同富裕，它就像夹心水果，内里营养丰富。随着人民生活水平提高，文化生活精神生活也要同步提升，在很多扶贫成功的案例中，我们看到很多建筑师艺术家都在农村找到了广阔的天地、广阔的市场，房子怎么设计有品位，老房子怎么改造，这是巨大的市场，也反映出人民群众精神生活的需求。六是农民农村共同富裕，它要求整个蛋糕不管做多大，都是平衡稳定的，不会出现一头高一头低，一层厚一层薄的情况。

事实上我们已经在进行着这样的实践，很多时候不是简单的经济利益的均等化。比如“双减”，背后其实是为了追求教育资源的均等化，不能说你家有钱，你就可以砸钱搞培训、拿高分、上名校。现在很多家长都明白了，教育正变得越来越公平。比如，长沙的碧湘街小学，招录了很多进城务工人员子弟，这所学校2022年小升初40名学生中有30人通过派位进入名校。长沙市偏远的乡村中学也有指标进入名校高中，这在过去，可能是很难想象的。

还有对资本无序扩张的管控，对平台垄断经营的治理等，背后都有促进共同富裕的考量。我国基尼系数2008年达到最高峰0.491，到2019年，这个数值已经下降到了0.465。

可见，共同富裕是可以看得见、摸得着，是可以明确感知到的。

中国模式的特点是不止理论的详实，还会在各种各样的不同地方进行试点。最明显的例子就是浙江省成为共同富裕的试点省。浙江是一个很有特色的省份，通俗地说，它是七山一水三分田，就像中国的样子，作为试点是一个很科学的选择。

浙江省相对比较发达，贫富差距、城乡差距的倍数比中国的平均水平要低一些，经济区域协调性比较好。2020年，浙江省的城乡倍差是1.96倍，在31个省份当中位居第3位，而全国的城乡倍差是2.56倍。浙江省的目标是到2025年将城乡倍差缩小到1.55倍。我们可以看到，浙江省正在推动很多先行先试的措施。在城里，正在建设育儿友好型社会、强化公租房保障等。在乡村，很多地方的河边建有智能健康步道，村民在上面散步，通过刷脸打卡，不仅可以记录运动里程，还能积累健康分兑换礼品；建设的智能医务室，乡镇卫生院的医生可以借助它为村民视频问诊，在线开具电子处方；村民还可以扫描二维码，在手机上查看乡村旅游景点的实时游客量、停车场空位等信息。

特别是这个“乡村大脑”值得说道。比如，浙江衢州市衢江区防返贫监测预警管理系统。衢江区在册的10108户低收入农户，以及已退出低收入行列的2276户农户，都被纳入重点监测范围。系统一旦监测到这些家庭出现临时大项开支，会立即向村干部发送预警提示。

在杭州市西湖区转塘街道长埭村，有一个共同富裕愿景下，打破城乡壁垒的理想样本。走进长埭村未来乡村建设指挥中心，数字化智慧大屏上，数字党建、农村电商、村民办事等相关情况一目了然。依托数字化场景建设，长埭村开发“长富云”小程序，一键点击，即可快速调动无人机监测村中异常动态；数字化健康检测一体机，让村民不出村就可享受免费体检。数字化融合之外，定期举行的市集活动，穿起传统艺术与现代生活，让村民们在古风、露营与音乐中，感受心灵的富足。

从山海协作缩小县域、城乡发展差距，到飞地抱团缩小经济收入差距，再到科技创新、数字变革促进市场活力、改善人民生活，2021年，浙江人均GDP达到11.3万元。2022年，浙江全省收入倍差持续缩小。

这些措施，对全国都有借鉴意义。共同富裕不仅是经济指

◆《思想的旅程》第二集“丰民”的访谈在一个巨型钟表上进行

标，还有社会指标、生态指标、老百姓的生活幸福指数的指标，是一个很全面的概念。

目前，全国各地都在根据自己的情况探索共同富裕的路径。我们很有信心，在中国共产党的领导下，中国人民坚持走中国特色社会主义制度，共同富裕一定会实现。党的十九大已经制定了时间表：到“十四五”规划末期，全体人民共同富裕迈出坚实步伐，居民收入和实际消费水平差距逐步缩小。到2035年，全体人民共同富裕取得更为明显的实质性进展，基本公共服务实现均等化。到21世纪中叶，全体人民共同富裕基本实现，居民收入和实际消费水平差距缩小到合理区间。

2022年10月，习近平总书记在党的二十大报告中提出：

“从现在起，中国共产党的中心任务就是团结带领全国各族人民全面建成社会主义现代化强国、实现第二个百年奋斗目标，以中国式现代化全面推进中华民族伟大复兴。”“全面建成社会主义现代化强国，总的战略安排是分两步走：从二〇二〇年到二〇三五年基本实现社会主义现代化；从二〇三五年到本世纪中叶把我国建成富强民主文明和谐美丽的社会主义现代化强国。”[1]而在此前的7月，习近平总书记曾指出：“未来5年是全面建设社会主义现代化国家开局起步的关键时期，搞好这5年的发展对于实现第二个百年奋斗目标至关重要。要紧紧抓住解决不平衡不充分的发展问题。”[2]

到新中国成立一百年时，我们要实现共同富裕。算起来，这个伟大的目标已经离我们很近了。

实现共同富裕的梦想其实很早就有了。2000多年前孔子就说过：“有国有家者，不患寡而患不均，不患贫而患不安。”西方思想家柏拉图的《理想国》、托马斯·莫尔的《乌托邦》、康帕内拉的《太阳城》、约翰·罗尔斯的《正义论》等也都有过类似的憧憬。而共同富裕真正从空想变成科学，是在100多年前，由马克思和恩格斯创立的科学社会主义共同富裕的思想。马克

[1] 习近平：《高举中国特色社会主义伟大旗帜　为全面建设社会主义现代化国家而团结奋斗——在中国共产党第二十次全国代表大会上的报告》，人民出版社2022年版，第21、24页。

[2] 《高举中国特色社会主义伟大旗帜　奋力谱写全面建设社会主义现代化国家崭新篇章》，《人民日报》2022年7月28日。

思主义在人类历史上第一次深刻阐述了实现共同富裕的物质基础与制度要求，让共同富裕具备了从美好的梦想变为现实的可能。马克思指出，在未来的新社会制度中，“社会生产力的发展将如此迅速”“生产将以所有的人富裕为目的”[1]。

共同富裕是社会主义的本质要求，是中国式现代化的重要特征。新中国成立后，我们一直在接力推动共同富裕。毛泽东同志当年说过：“现在我们实行这么一种制度，这么一种计划，是可以一年一年走向更富更强的，一年一年可以看到更富更强些。而这个富，是共同的富，这个强，是共同的强，大家都有份。”[2]邓小平同志当年说过：“社会主义原则，第一是发展生产，第二是共同致富。我们允许一部分人先好起来，一部分地区先好起来，目的是更快地实现共同富裕。”[3]以江泽民同志为主要代表的中国共产党人、以胡锦涛同志为主要代表的中国共产党人不遗余力地持续推动共同富裕。到新时代，在习近平新时代中国特色社会主义思想的指引下，共同富裕终于成为中心课题，并且正在破题开路。

如果“诗圣”杜甫能穿越到2022年的中国，他会情不自禁地点赞：“共同富裕，妙哉。我曾有诗一首：‘公私仓廪俱丰实，九州道路无豺虎。’就是共同富裕的境界呀！”

---

[1]《马克思恩格斯选集》第2卷，人民出版社2012年版，第786—787页。

[2] 中共中央文献研究室编：《毛泽东年谱（1949—1976）》第2卷，中央文献出版社2013年版，第459页。

[3]《邓小平文选》第3卷，人民出版社1993年版，第172页。

习近平总书记关于共同富裕重要论述的“思想的旅程”

★ **2012年12月**，习近平总书记在河北省阜平县考察扶贫开发工作时提出：“全面建成小康社会，最艰巨最繁重的任务在农村、特别是在贫困地区。没有农村的小康，特别是没有贫困地区的小康，就没有全面建成小康社会。”

★ **2013年11月**，习近平总书记在湖南省湘西土家族苗族自治州花垣县十八洞村考察时强调：“扶贫要实事求是，因地制宜。要精准扶贫，切忌喊口号，也不要定好高骛远的目标。”

★ **2015年11月**，习近平总书记在中央扶贫开发工作会议上强调，消除贫困、改善民生、逐步实现共同富裕，是社会主义的本质要求，是我们党的重要使命。全面建成小康社会，是我们对全国人民的庄严承诺。我们要立下愚公移山志，咬定目标、苦干实干，坚决打赢脱贫攻坚战，确保到2020年所有贫困地区和贫困人口一道迈入全面小康社会。

★ **2020年10月**，习近平总书记在党的十九届五中全会上提出，到2035年“人民生活更加美好，人的全面发展、全体人民共同富裕取得更为明显的实质性进展”。

★ **2021年2月**，习近平总书记在全国脱贫攻坚总结表彰大会上强调：“经过全党全国各族人民共同努力，在迎来中国共产党成立一百周年的重要时刻，我国脱贫攻坚战取得了全面胜利，现行标准下9899万农村贫困人口全部脱贫，832个贫困县全部摘帽，12.8万个贫困村全部出列，区域性整体贫困得到解决，完成了消除绝对贫困的艰巨任务，创造了又一个彪炳史册的人间奇迹！”

★ **2021年7月**，习近平总书记在庆祝中国共产党成立100周年大会上提出：“经过全党全国各族人民持续奋斗，我们实现了第一个百年奋斗目标，在中华大地上全面建成了小康社会，历史性地解决了绝对贫困问题，正在意气风发向着全面建成社会主义现代化强国的第二个百年奋斗目标迈进。”

★ **2021年8月**，习近平总书记在中央财经委员会第十次会议上提出：“党的十八大以来，党中央把握发展阶段新变化，把逐步实现全体人民共同富裕摆在更加重要的位置上，推动区域协调发展，采取有力措施保障和改善民生，打赢脱贫攻坚战，全面建成小康社会，为促进共同富裕创造了良好条件。现在，已经到了扎实推动共同富裕的历史阶段。”

★ **2022年1月**，习近平主席在北京出席2022年世界经济论坛视频会议时提出：“‘国之称富者，在乎丰民。’中国经济得到长足发展，人民生活水平大幅提高，但我们深知，满足人民对美好生活的向往还要进行长期艰苦的努力。中国明确提出要推动人的全面发展、全体人民共同富裕取得更为明显的实质性进展，将为此在各方面进行努力。中国要实现共同富裕，但不是搞平均主义，而是要先把‘蛋糕’做大，然后通过合理的制度安排把‘蛋糕’分好，水涨船高、各得其所，让发展成果更多更公平惠及全体人民。”

★ **2022年10月**，习近平总书记在党的二十大报告中提出：“共同富裕是中国特色社会主义的本质要求，也是一个长期的历史过程。我们坚持把实现人民对美好生活的向往作为现代化建设的出发点和落脚点，着力维护和促进社会公平正义，着力促进全体人民共同富裕，坚决防止两极分化。”

中国的共同富裕与西方资本主义的财富积累存在本质差别

【我们说的共同富裕是全体人民共同富裕，是人民群众物质生活和精神生活都富裕，不是少数人的富裕，也不是整齐划一的平均主义。】

让人民过上好日子的追求，始终在习近平总书记的心中。中国这10年的深刻变化，也引起了世界的广泛关注。2021年习总书记主持中央财经委第十次会议，提出扎实推进共同富裕之后，美国《华尔街日报》发了一篇报道，标题为《中国共产党回归初心，富人少分点，穷人多分点》。联合国驻华代表处前高级经济学家比尔·比凯尔斯（Bill Bikales）甚至觉得："中国想要借此证明，在照顾到所有人口方面，社会主义比西方资本主义更好。"

中国追求的共同富裕和西方追求的富裕有何不同？为什么西方世界对我们的共同富裕反应这么强烈？最大的不同在于中国的发展是靠自己的积累，而西方靠的是对外掠夺。在第一次世界大战和第二次世界大战中，西方国家或者掠夺殖民地，或者大发战争横财，从全球掠夺了大量的财富。第二次世界大战后，西方国家还通过金融手段、科技手段进行掠夺。比如，通过美元霸权，别国人民要流血流汗挣外汇，它开动印钞机就可以了。比如，在芯片领域，别国没搞出来时，它一块芯片卖数百甚至上千美元，别国研发出来了立马降价到一二百美元、数十美元甚至几美元的都有。

当然资本主义也追求富裕，但是天生具有局限性，周期性的经济危机便是明证。为了解决这些危机，西方经济学形成了凯恩斯主义、货币主义、新古典综合主义、供给学派等众多理论体系，但是都无法解决资本主义的根本缺陷。2014年法国经济学家托马斯·皮凯蒂在其风靡全球的《21世纪资本论》一书中用20多个资本主义国家300余年的实际数据提出，由于资本回报率总是倾向于高于经济增长率和劳动要素的回报率，市场经济发展的结果是增加而绝非减少贫富差距。

社会主义共同富裕不同于西方追求的富裕，背后的逻辑是公正观的不同。西方追求的富裕，是私有制之下的个人富裕，这看起来似乎很公平，但它强调的是规则正义、起点公平，实际上这是一种形式正义。因为结果并不公平。例如，美国共和党的竞选口号经常强调，重要的不是人是否有面包吃，而是人是否有吃面包的权利。只有竞争是其根本法则，它信奉的是资本至上。马克思就曾说过，资本主义生产方式在生产财富的同时也制造贫困。它最后必然是导致贫富两极分化的。富人群体拥有更多资源、越来越富，而穷人群体则越来越穷。我们的共同富裕追求的则是实质正义，强调结果公平。我们正在努力构建橄榄型社会，就是要壮大中产阶级，让极富极贫的群体成为极少数。

美国国际政治专家埃纳尔·唐恩认为，自20世纪80年代以来，西方社会一直信奉芝加哥经济学派的理论，认为市场可以神奇地解决包括经济、社会和政治在内的所有问题，但事实证明并非如此。不幸的是，这一想法并没有被放弃。事实是，没有放之四海而皆准的标准，每个国家都会基于其历史和文化等原因选择自己的道路。这些事情必须被其他国家理解和接受。共同繁荣的理念不仅对一个国家至关重要，而且对全球秩序也至关重要。

总之，中国的共同富裕是全体人民共同富裕，是人民群众物质生活和精神生活都富裕，不是少数人的富裕，也不是整齐划一的平均主义，而是要着力扩大中等收入群体规模，增加低收入群体收入，形成中间大、两头小的橄榄型分配结构，稳步朝着实现共同富裕目标迈进。党的二十大明确了新时代新征程中国共产党的中心任务，共同富裕将不断迎来新的实质性的进展，让我们翘首以待。

源泉

丰民

无我

青绿

先手

大道

和合

本色

无我

本章访谈嘉宾为中国文化软实力研究中心主任张国祚，湖南省社科院院长、省政府发展研究中心主任钟君。

蜀汉建兴六年（公元228年），第一次北伐失利后，丞相诸葛亮谋划再次率军北伐。长期以来超负荷工作，使诸葛亮积劳成疾，按理他应该休息，但他无法安养。蜀汉军营，旌旗猎猎，后主刘禅派李姓大臣匆匆赶来，只见诸葛亮醉心公务，还没休息。已是重病的他，一直处理着来自各地的军报与民情。他面容憔悴，一身素衣，坐在军帐中简陋的病榻上，借着床前摇曳的烛光，用一本折子埋头书写着《后出师表》。毛笔书写到“鞠躬尽瘁，死而后已”时，大臣跑进屋内道：“丞相，请您节劳珍重！”

大臣还想说些什么，诸葛亮却从文书中抽出一张写满进言的纸递给他，并说：“我将宫中府中之事的应对之策写于此函，望李大人……咳……”

大臣急忙打断了诸葛亮的话道：“您……您有何嘱托付与家中老小？”

诸葛亮道：“我在外任，随身衣食，悉仰于官，不别治生。我死之日，不使内有于帛，外有赢财……咳……”诸葛亮剧烈

◆ 诸葛亮正在和后主刘禅派来的李大臣谈事，下一秒就要穿越到新时代的抗疫现场

地咳嗽起来，大臣急忙跑出去叫军医，一时间军帐外乱作一团，军医匆匆冲入营帐。诸葛亮渐渐失去了意识，等他再次醒来时，发现自己躺在一张奇怪的床上，许多穿着白大褂、戴着口罩的人，围着很多病床忙来忙去。

这时，一名护士来到他的面前道："老人家您醒啦！您睡了挺久的，特殊时期不能带您出去活动，我给您打开窗户通通风。"

诸葛亮说："这是何地……特殊时期？敢问姑娘，此处仍在战时？"

护士道："老人家，这里是武汉啊！我们正在打一场抗疫的人民战争……”

窗外突然一阵喧闹，诸葛亮转过头来，寻声望去，只见一辆辆挂着驰援武汉的横幅、满载医疗物资的货车从街道驶过。

另一边，一阵急促的喊话声传来，一群身穿防护服的医护工作者推着一个昏迷的新冠重症患者快速进入医院。

诸葛亮颇为触动，他环视一周，突然看到病床前柜子上放着的那本写着《后出师表》的折子。打开一看，折子早已不是《后出师表》，而是一封封请战书：“我是医生，请缨出征”“我是护士，我愿意驰援武汉”“我是共产党员，有困难我先上……”

看到这些请战书以及电视机中那些抗疫的场景：医护人员隔离服背上的“人民至上”、医生脸部的勒痕、被汗水泡肿的手指，护士推着轮椅陪患者看夕阳、金银潭医院院长一瘸一拐的身影……诸葛亮暗道：“至人无己，先贤之志，今人已承矣。请战之众，何许人也？”

新时代10年伟大变革的思想逻辑

【我将无我，不负人民。】

新时代这10年，我国取得许多历史性成就，发生了历史性变革。而这些历史性成就和变革的背后是思想的力量。今天我们探究的其实就是新时代10年巨变背后的思想逻辑。诸葛亮提出的“鞠躬尽瘁，死而后已”，是封建时代士大夫忠君报国的典型思想，它的内核是敬畏使命、忠诚担当、不遗余力、死而后已，跟今天中国共产党人提出的“随时准备为党和人民牺牲一切”的牺牲奉献精神，虽然在“为了谁”这一思想出发点上有本质的区别，但内核是一脉相承的。

中国传统文化讲求“天无私覆，地无私载，日月无私照”。从舜帝“只为苍生不为身”，凡是有利于群众的，无不“先之劳之”的践行，到北宋张载“为天地立心，为生民立命，为往圣继绝学，为万世开太平”的胸襟抱负，这种大公无私、一心为民的精神，在中华民族历史上源远流长。回顾百年党史，这样的忘我牺牲精神历历在目。在狱中写下《可爱的中国》的方志敏，就曾在入党时说：“从此，我的一切，直至我的生命都交给党去了！”后来，他确实为了祖国光明的前途，光荣牺牲。一心为民的周恩来总理，直到生命的最后一刻，仍在操劳国事、忧心百姓。夏明翰、孔繁森、焦裕禄……这些无私无畏的共产党人不胜枚举。

◆ 嘉宾张国祚

中国特色社会主义进入新时代，习近平总书记对中国共产党人的牺牲奉献精神，作了一个很好的概括，就是“无我”精神。2019年3月，习近平主席在意大利进行国事访问，当时意大利众议长菲科问他，当选中国国家主席时是什么心情。习近平主席说，这么大一个国家，责任非常重、工作非常艰巨。我将无我，不负人民。

“无我”在中国古代的许多文献上都曾出现。比如，庄子在《齐物论》中说道：“非彼无我，非我无所取。”意思说，如果没有对方，也就没有我；如果没有我，也就失去一切可以执取之物。这是哲学意义上的“无我”。苏轼赞扬司马光时曾说：“公亦无我，惟民是度。”元代刘祁在《归潜志》中写道：“士大夫为吏者，当以至公无我处之。”“无我”是中国传统文化对胸怀天

◆ **嘉宾钟君**

下、坦荡无私的境界追求。

习近平总书记对中国优秀传统文化进行创造性转化，创新发展，将“无我”归结成为了人民的事业无私奉献的精神，这是一种不计得失、不谋私利的大境界。所以他在回答菲科的提问时，就说我愿意做到一个“无我”的状态，为中国的发展奉献自己。

习近平总书记是这么说的，也是这么做的，从“人民对美好生活的向往，就是我们的奋斗目标”的拳拳之心，到“为人民服务，担当起该担当的责任”的铮铮誓言，再到“我是人民的勤务员”的不渝的初心，其中无不蕴含着以身许党许国、报党报国的宏大境界，有了这种境界，才能全心全意爱民，贴心交心亲民，才能锻造出心系人民、为民担当的博大胸怀。

也正是因为有了这种远大的格局，才能诚心诚意为民，公平公正惠民，引领全党全国各族人民迈上追梦圆梦的新征程。

犹记得，2020年初，新冠疫情来势汹汹。大年三十，习近平总书记夜不能寐。

那时，中国人民都沉浸在惶恐之中，不知道该如何应对。假如这个关口，我们的国家优柔寡断、瞻前顾后，没有果断采取措施，后果可谓不堪设想。然而就是在这个关键时刻，我们坚持人民至上、生命至上，果断关闭了离汉通道，实施了前所未有的严格应对措施。

以非常之举应对非常之事，习近平总书记做出这样一个决策，需要有巨大的政治勇气，需要有果敢的历史担当，这正是“无我”的充分体现。

习近平总书记率先垂范，直接影响的是9600多万共产党员。党员们冲锋在前，带动的又是千千万万的群众。这一点，西方总是不能理解，为什么中国这么大一个国家、这么多的人口，究竟是什么把大家的思想凝聚起来的？他们不知道这背后的精神价值截然不同，他们讲“惟我”，强调的是个体主义，而我们讲“无我”，是对“自我”的超越，追求的是集体价值。

在2020年中印边界冲突中，面对敌人的猖狂挑衅，虽然当时我方只有4名解放军战士，但他们毅然张开双臂，毫无畏惧地把敌人拦在边境线外。当时印军公然违背与我方达成的共识，悍然越线挑衅。前往交涉的团长祁发宝的头部被砸开了一道长口子，但就在战友为他包扎时，他一把扯掉绑带，冲向印军，最终昏迷过去。而战士陈红军、陈祥榕、肖思远在奋战中英勇牺牲，用生命捍卫祖国的河山、守护人民的安全。虽然陈红军、陈祥榕、肖思远在这次战斗中牺牲了，但他们的内心不会后悔！如果再来一次、一百次，祁发宝们还是一样会义无反顾张开双臂，捍卫祖国和人民。

2022年8月中下旬，重庆多地连续发生森林火灾，有一名消防员手中面包还没吃完，就靠着树桩睡着了。他刚刚经过一夜的扑救，山火熏黑了他的脸，但是掩不住他的青春稚嫩。在这场救援中，像他一样的普通人还有很多，他们是跨省救援的消防员，是向火而行的消防战士，是自发组织帮着消防员运送物资的党员志愿者。

一直以来，无论是救灾、抗疫，还是脱贫攻坚，在人民群众需要的时候，共产党人永远舍生忘死地冲在最前面。他们不辞辛劳甚至付出生命，深刻地阐释了什么是“无我”。“无我”是一种担当，一种奉献精神。它蕴含着人民至上的价值观，也体现了党员干部以人民为中心的思想理念。

中国梦的实现
离不开中国共产党人的“无我”精神

【中华民族伟大复兴，绝不是轻轻松松、敲锣打鼓就能实现的。】

中国共产党人的初心和使命，就是为中国人民谋幸福，为中华民族谋复兴。这个目标非常伟大，但任务非常艰巨。在这条曲折艰难的道路上，我们要想实现伟大的目标，就需要成千上万的中国共产党人拥有“无我”精神。如果没有中国共产党人的“无我”精神，那么我们就不能经过28年的浴血奋斗，最后使中国人民扬眉吐气站起来；如果没有中国共产党人的“无我”精神，我们就不能建设社会主义走向改革开放，使中国人民更加富裕起来，全面建成进入小康社会；如果没有中国共产党人的“无我”精神，我们中国就不可能在世界的舞台上挺直腰杆，捍卫我们中国主权、中国立场、中国观点。所以“无我”精神对我们中国共产党人来说非常重要。

2012年11月29日，党的十八大闭幕后不久，习近平总书记就和中央政治局常委来到国家博物馆参观《复兴之路》展览，重温中华民族所经历的苦难与辉煌。当看到这幅画的时候，习近平总书记感叹，“道路决定命运，找到一条正确的道路多么不容易”[1]，正是因为先驱们的付出和探索，“现在，我们

[1] 《习近平谈治国理政》第1卷，外文出版社2018年版，第36页。

比历史上任何时期都更接近中华民族伟大复兴的目标，比历史上任何时期都更有信心、有能力实现这个目标”[1]。在这里，他第一次提出了“中国梦”。

中国梦是一个大国之境、“大我”之境的实现，而“大我”之境的实现需要无数的共产党人以“无我”精神持续奋斗。

站在昨天的苦难面前，观照今天的辉煌，身为大国领袖，习近平总书记内心一定油然升起一种强烈的自豪感和沉甸甸的责任感！所以他之后多次说过这么一句话，叫“责任重于泰山”。他还引用过诸葛亮的《出师表》来表达自己的这种心情：“受命以来，夙夜忧叹，恐托付不效。”这是一种强烈的使命感，因为他认为，实现中华民族伟大复兴，就是中华民族近代以来最伟大的梦想。

这个梦想，凝聚了几代中国人的夙愿。2021年，中国共产党成立100周年之时，我们已经全面建成了小康社会。到2049年中华人民共和国成立100周年时，我们要实现中华民族的伟大复兴。为实现这个目标，以习近平同志为核心的党中央接过历史的接力棒，开启了中国特色社会主义新时代，这就必然需要党员干部带头，以“无我”之境开创“大我”之境。因为中华民族伟大复兴，绝不是轻轻松松、敲锣打鼓就能实现的。

说到这，有一个问题很多人不明白，“无我”是不是意味着，党员干部就要放弃自己的任何利益？共产党员为什么能做

[1] 《习近平谈治国理政》第1卷，外文出版社2018年版，第35—36页。

到“无我”？

其实并不是，我们说“中国共产党始终代表最广大人民根本利益，没有任何自己特殊的利益，从来不代表任何利益集团、任何权势团体、任何特权阶层的利益”，这里“没有任何自己特殊的利益”的是党，而不是指个体的党员。所谓“无我”，并不是要求党员干部要舍弃自己的利益，它指的是个人利益要服从、服务于人民和国家的利益。共产党人也是生活中的一个个具体的个人，也是普通人。党员干部的“无我”，本质上体现的是一种公与私的辩证关系，他们能够做到个人利益的“私”，服从、服务于人民和国家利益的“公”，而不是完全没有私利。

我们常说，无私则无畏，无私则心安。从人性上看，只有一心为公、事事出于公心，才不会因为一己私利而畏首畏尾。从党性上看，共产党人最大的信仰，就是“公”，只有正确处理了公与私的关系，做到大公无私、先公后私，党员干部才能面对大是大非敢于亮剑、面对矛盾敢于迎难而上、面对危机敢于挺身而出、面对失误敢于承担责任、面对歪风邪气敢于坚决斗争。

湖南永州的浯溪碑林中有一篇著名的铭文：“园林之美，豪富所私。山川之胜，天下公之。公者千古，私者一时。”雷洁琼曾用“公者千古，私者一时”评价毛泽东同志的一生。

1994年5月的一天，时任全国人大常委会副委员长雷洁琼来湖南视察。到韶山后，雷老首先向毛主席铜像敬献了花篮，接着瞻仰毛主席的故居和陈列馆。从故居又来到陈列馆，重温毛主席立志“改造中国与世界”的伟大实践的光辉一生，特别是毛主席一家为革命、为人民壮烈牺牲了6位亲人，雷老怎么也压抑不住内心的悲愤和对主席的无限敬仰的心情。

瞻仰毛主席遗物展室(现已单建毛泽东遗物展览馆)，件件都深深吸引住雷老的心，特别是毛主席一件打了73个补丁的睡衣和一双补了又补，最后被鞋匠丢了，又拾回来再穿的皮拖鞋。还有一张组织上托外交部工作人员在国外为主席买回的香烟过滤嘴发票。主席发现了，批示不准公款报销，一定要自费。雷老为主席的勤俭节约与公私分明的品德感动万分。

这次韶山之行，雷洁琼留下了“公者千古，私者一时”八个大字，在雷洁琼心中，毛主席一生都是奉公为民的。

“公者千古，私者一时”是指，只要有公心，就会千古流芳；但如果心中只有一个“私”字，那么他就会很快被遗忘。这句话很好地解释了公与私的辩证关系，也解答了党员干部为什么能“无我”。

“无我”是为了成就“大我”，这是一种幕天席地的胸怀。实际上“无我”也是“有我”，心中“无我”，动真碰硬时才会“有我”、攻坚克难时才会“有我”、赴汤蹈火时才会“有我”。“无我”是境界、是胸怀、是格局，“有我”是担当、是责任、是使命。

“有我”是一个客观存在，每个人都有具体的现实的利益，但是我们的共产党员，在追求事业的过程当中，必须要有这种“无我”的境界，有这种格局、胸怀，这是一种精神层面的追求，因“无我”而实现“大我”，这就是一种特别精彩的人生与事业的辩证法。

理解了这个辩证关系，我们就理解了为什么习近平总书记说的“功成不必在我”和“功成必定有我”。

中国共产党是一个具有“无我”精神的政党

【中国共产党始终代表最广大人民根本利益，与人民休戚与共、生死相依，没有任何自己特殊的利益，从来不代表任何利益集团、任何权势团体、任何特权阶层的利益。】

广大华行成立于1933年，位于上海天潼路怡如里29号。这里隔成了内外两间，里面一小间是进步青年杨延修与朱学明的结婚新房，外间则是广大华行办公室，热闹异常。广大华行是早期中国共产党领导的企业，也是党的地下组织之一。全民族抗日战争时期，广大华行给党一二线机关和延安送去了大量经费。据说连刘伯承同志的假眼睛，也是广大华行想办法弄到的。但可能很多人不知道，广大华行最初只是一家资本金只有300元（法币）的皮包公司。直到1938年，按党中央的指示才进行了改组，然后在短短十几年的时间里，发展到了200多万美元的规模！到新中国成立前，广大华行的账面利润就达到

◆ 广大华行旧址

30万美元。

在新民主主义革命时期，中国共产党有一些像广大华行这样的党产，这些党产在关键时刻发挥了很大的作用。经营党产，当时有一个更长远的考虑，就是全国胜利后，共产党就不领国家的钱，自己吃自己的。在1949年1月初的政治局会议上，毛泽东同志明确作了结论：党产的问题，以不搞为好，有饭大家吃。在全面执政前夕，中国共产党就将党产全部进行了移交，不再经营。[1]

全面执政以来，中国共产党就没有过党产，所有的资产都

[1] 《杨尚昆回忆录》，中央文献出版社2007年版，第292—293页。

属于人民，一切都是人民的财富。全世界有560多个政党或政治组织，其中百年大党66个，这些政党或多或少都有自己的党产。唯独中国共产党，没有一分钱党产。

当然，一个政党有无党产与是否“无我”，并不是绝对相关的，有党产并不一定“无我”，没党产也不一定“无我”。但是毛泽东同志的这句话，就说明了中国共产党人对待党产问题依然是出于大公无私的“无我”考量。

但也有人质疑，“无我”当然很高尚，但共产党人的“无我”真的是出于自愿吗？

中国共产党的“无我”已经坚持了百年，这还不够说明问题吗？中国共产党的宗旨就是全心全意为人民服务，习近平总书记反复强调要坚持以人民为中心的发展思想，这都是大写的“我”，这不就是“无我”吗？

庄子有句话叫：“至乐无乐，至誉无誉。”意思是，最高境界的快乐就是无所谓快乐，最高境界的荣誉就是无所谓荣誉。全国人民都过上了美好生活，那就是共产党人的美好生活，所以“至我”即“无我”。

可以说是9600多万“无我”的个人组成了一个“无我”的政党。就以脱贫攻坚为例，为了让9899万人摆脱绝对贫困，全国1800多人牺牲在扶贫一线。

扶贫干部龙俊的儿子龙小丹，曾经并不了解扶贫干部的魄力和勇气，也不了解父亲。直到父亲去世后，他来到父亲生前扶贫的村子。

他的父亲龙俊是湖南湘西保靖人，生前是中国农业银行保靖县支行驻毛沟镇阳坪村第一书记、扶贫工作队队长。

行走在父亲工作的阳坪村，龙小丹遇到了一个又一个热情的村民。

他们有的，让龙小丹来看自己养殖的青蛙。2018年时，龙俊曾给他们申请了5万元低息贷款，建立了青蛙养殖合作社。现在，青蛙的年产量能达到一万多斤，有十多万元的纯利润。

他们有的，让龙小丹来看看自己现在过的好日子。作为龙俊的帮扶对象，他们早已摆脱贫困，把生活过得蒸蒸日上。

名叫杨昌珍的80多岁的老婆婆，看见龙小丹便拉住了他的手，用泛红的眼睛望着龙书记的儿子，哽咽地讲述着自己的不舍，“我们都好舍不得他，但是我年纪大了坐不了车，去不了追悼会现场，我也没能看他，对不起……”

如今，看着村子里的一切，龙小丹总会想起父亲生前的画面，也开始明白，父亲为什么要在5年内，3次主动请缨扶贫。

从碗米坡镇美竹村、毛沟镇如景村，到毛沟镇阳坪村，5年多来，年近六旬的龙俊穿破了14双跑鞋，划破了10多条裤子，踏遍了所驻贫困村的沟沟坎坎。

家人曾劝他：“快退休了，回城找个轻松活干干算了。”他却不肯。龙小丹心疼他扶贫辛苦，特意买了双名牌鞋，说鞋好，跑山路安全，他却舍不得穿。

2019年3月，龙俊的小孙女月月出生了。正在湘西保靖县

◆ 龙俊（左2）在扶贫一线走访群众

阳坪村里忙着扶贫的龙俊，对儿子说："等国庆节，一家人美美地拍个全家福。"

然而，这一等就是永远。

2019年7月29日，早上8时14分，送完扶贫资料的龙俊，骑上摩托车回村，却在半路不幸遭遇交通事故，宝贵的生命定格在这一瞬间。

时年58岁的他，成为当时全国驻村扶贫因公殉职的工作队员中，年龄最大的一位。

龙小丹的女儿曾用稚气的声音问龙小丹，"我的爷爷去哪啦？"龙小丹指了指天上告诉她，这个她从未见过面的爷爷，在天上。

如今的龙小丹了解了父亲，也了解了扶贫干部。他们或许默默无闻，却用生命点亮了更多人的希望。

党的十八大以来，正是因为有无数个像龙俊一样优秀的共产党员冲锋在前，我们的社会才越来越充满生机和活力。这说明在新时代，习近平总书记讲的“人民有信仰，国家有力量，民族有希望”鼓舞了成千上万的共产党员，他们坚守自己的理想信念，完全做到了“无我”，才能使这10年我们国家发展得越来越好、越来越快、越来越强。

就像陶铸曾在《松树的风格》中说的，要求于人的甚少，给予人的甚多。广大党员干部，拥有的就是这样的风格。正是党员干部的这种辛苦指数，换来了人民群众的幸福指数。

广大党员干部，就是这个世界上最大的超级英雄。为什么这么说？因为无论什么时候、什么地方，只要有事，首先扑上去的肯定是党员干部。在新冠疫情严重的时候，很多人一天休息都没有。这在国外是不可想象的。2019年澳大利亚发生森林大火，澳大利亚时任总理莫里森却在夏威夷度假。2021年美国得克萨斯州遭遇寒潮，1500万户居民断电，400多万人断水，当时的得克萨斯州一位市长站出来理直气壮地对市民说：你们别指望我们，你们自己解决！美国洛杉矶发生山火，时任总统特朗普说，你们再等等天凉了就行了。反观重庆山火，永远是党员干部、消防战士、武警战士冲锋在前，即便40度的高温，他们也不会等，因为等来的是人民的生命受到威胁和财产受到损失。我们的党员干部用自己的身体，甚至用生命铸成了一道防火墙，这实际上就是无私的价值和无私的力量。

以“无我”的强烈担当开创“无我”之境

【大国之大，也有大国之重。千头万绪的事，说到底是千家万户的事。】

2015年9月22日，习近平主席对美国进行国事访问期间在华盛顿州当地政府和美国友好团体联合欢迎宴会上作了一场演讲：“上世纪60年代末，我才十几岁，就从北京到中国陕西省延安市一个叫梁家河的小村庄插队当农民，在那儿度过了7年时光。那时候，我和乡亲们都住在土窑里、睡在土炕上，乡亲们生活十分贫困，经常是几个月吃不到一块肉。我了解乡亲们最需要什么！”[1]

年轻的习近平最质朴的心愿，就是“让乡亲们饱餐一顿肉，并且经常吃上肉”。

类似于这样的心愿，还有很多。比如1982年，29岁的习近平同志在正定担任县委副书记，“渴望尽自己的微薄力量，亲手为他们做一点实在事情”[2]。1990年，37岁的习近平同志

[1] 《习近平在对美国进行国事访问时的讲话》，人民出版社2015年版，第10页。

[2] 本书编写组编写：《让群众过上好日子——习近平正定足迹》，人民出版社、河北人民出版社2022年版，第10页。

在福建省福州市担任市委书记，写下了“为官一任，造福一方，遂了平生意”[1]的词句直抒胸臆。2002年，49岁的习近平同志在浙江担任省委副书记，切实履行着“权为民所用、情为民所系、利为民所谋”的庄严承诺。2007年，54岁的习近平同志在上海担任市委书记，自己打着伞下基层，希望能“做服务人民的孺子牛”等。

习近平总书记说过，他是黄土地的儿子，是党和人民将他培养成人的。他还直接表达过：“作为国家领导人，人民把我放在这样的工作岗位上，我就要始终把人民放在心中最高的位置。”[2]

他也确实是这么做的。为了贫困人口和贫困地区同全国人民一道进入全面小康社会，他走遍了中国所有集中连片特困区。党的十八大闭幕后不过十几天，他就踏着风雪去了河北阜平看望困难群众。

治理一个14亿多人口的大国，工作何其繁重、任务何其艰巨。就像习近平总书记说的：“大国之大，也有大国之重。千头万绪的事，说到底是千家万户的事。”[3]听说习近平总书记年轻时，经常加班到凌晨3点半才睡觉，一天只睡4个小时。习近平总书记究竟睡几个小时我们不知道，但是他夙夜在

[1] 习近平：《念奴娇·追思焦裕禄》，《福州晚报》1990年7月16日。

[2] 《习近平谈治国理政》第1卷，外文出版社2018年版，第102页。

[3] 《习近平谈治国理政》第4卷，外文出版社2022年版，第65页。

公是肯定的。2014年2月，习近平主席在俄罗斯索契接受俄罗斯媒体专访的时候说：“我个人的时间都去哪儿了？当然是都被工作占去了。”[1] 有媒体做了一个统计，2012年到2017年，习近平主席平均每年有1个月以上的时间是用于出访，5年累计出访160多天，这里面包括35天周末假期、6天国庆假期、1天中秋假期、1天春节假期。

辛苦只是一方面，很多挑战光是辛苦还不足以应对。比如反腐败，触动的是少数既得利益者的根本利益，可想而知阻力有多大？危险有多大？习近平总书记为什么说宁可“得罪千百人，不负十四亿”？这背后就是“无我”的强烈担当。为什么能做到？用习近平总书记的原话来说就是：“人民把权力交给我们，我们就必须以身许党许国、报党报国，该做的事就要做，该得罪的人就得得罪。”[2] 新时代这10年来，习近平总书记的一言一行，对“无我”二字作出了生动的诠释。

---

[1] 《习近平谈治国理政》第1卷，外文出版社2018年版，第102页。

[2] 《习近平关于协调推进“四个全面”战略布局论述摘编》，中央文献出版社2015年版，第145页。

习近平总书记关于“无我”重要论述的“思想的旅程”

★ **2012年11月**，习近平总书记在十八届中央政治局常委同中外记者见面时强调：“人民对美好生活的向往，就是我们的奋斗目标。”

★ **2014年1月**，习近平总书记在十八届中央纪委三次全会的讲话中强调：“作为党的干部，就是要讲大公无私、公私分明、先公后私、公而忘私，只有一心为公、事事出于公心，才能坦荡做人、谨慎用权，才能光明正大、堂堂正正。作风问题都与公私问题有联系，都与公款、公权有关系。公款姓公，一分一厘都不能乱花；公权为民，一丝一毫都不能私用。领导干部必须时刻清楚这一点，做到公私分明、克己奉公、严格自律。”

★ **2017年10月**，习近平总书记在党的十九大报告中指出，坚持以人民为中心。人民是历史的创造者，是决定党和国家前途命运的根本力量。必须坚持人民主体地位，坚持立党为公、执政为民，践行全心全意为人民服务的根本宗旨，把党的群众路线贯彻到治国理政全部活动之中，把人民对美好生活的向往作为奋斗目标，依靠人民创造历史伟业。

★ **2018年4月**，习近平总书记在庆祝海南建省办经济特区30周年大会的讲话中强调:“要不忘初心、牢记使命，以‘功成不必在我’的精神境界和‘功成必定有我’的历史担当，保持历史耐心，发扬钉钉子精神，一张蓝图绘到底，一任接着一任干，在实现‘两个一百年’奋斗目标、实现中华民族伟大复兴中国梦的新征程上努力创造无愧于时代的新业绩!”

★ **2019年3月**，习近平主席在罗马回答意大利众议长菲科的提问时回答，这么大一个国家，责任非常重、工作非常艰巨。我将无我，不负人民。我愿意做到一个“无我”的状态，为中国的发展奉献自己。

★ **2021年12月**，习近平主席发表2022年新年贺词时强调:“民之所忧，我必念之；民之所盼，我必行之。我也是从农村出来的，对贫困有着切身感受。经过一代代接续努力，以前贫困的人们，现在也能吃饱肚子、穿暖衣裳，有学上、有房住、有医保。全面小康、摆脱贫困是我们党给人民的交代，也是对世界的贡献。让大家过上更好生活，我们不能满足于眼前的成绩，还有很长的路要走。”

★ **2022年1月**，习近平总书记在山西临汾考察时强调："中国共产党执政的唯一选择就是为人民群众做好事，为人民群众幸福生活拼搏、奉献、服务。这种执着追求100多年来从未改变，多少革命先烈先辈为此付出了生命，为国家建设改革发展付出了多少心血，我们才走到今天这一步。"

★ **2022年10月**，习近平总书记在党的二十大报告中强调："弘扬以伟大建党精神为源头的中国共产党人精神谱系。"

以人民为中心集中阐释了新时代“无我”的内涵

【江山就是人民，人民就是江山。】

新时代这10年，以习近平同志为核心的党中央在各种会议、文件上提得最多的两个字就是人民。以人民为中心集中阐释了新时代“无我”的内涵，那就是党员干部要克制自己的私欲，在为人民的幸福而奋斗的过程中，将自己的一切许给党和人民。所以，这个“无我”，既是“无愧”，也是“真我”！

这其实也是党的初心使然。中国共产党百余年奋斗的历史主题就是为了实现中华民族的伟大复兴。从最初毛泽东同志提出的“为人民服务”到邓小平同志的群众路线，从江泽民同志的“代表最广大人民的根本利益”到胡锦涛同志的“以人为本”，以人民为中心的发展思想源远流长。习近平总书记之所以能够做到“无我”，一是受马克思主义经典作家的影响，二是受我们中华优秀传统文化的影响，三是我们党对文化的熏陶力量。

年轻的马克思曾在高中毕业论文中写过这样一段话：“如果我们选择了最能为人类而工作的职业，那么，重担就不能把我们压倒，因为这是为大家作出的牺牲；那时我们所享受的就不是可怜的、有限的、自私的乐趣，我们的幸福将属于千百万人，我们的事业将悄然无声地存在下去，但是它会永远发挥作用。”[1]马克思也曾深刻指出：“历史把那些为共同目标工作因而自己变得高尚的人称为最伟大的人物；经验赞美那些为大多数人带来幸福的人是最幸福的人。”[2]这是马克思主义的人民性。

更为重要的一点，习近平总书记的“无我”思想更是来自我们党的培养、教育、熏陶。我们党的根本宗旨就是全心全意为人民服务。党章是党的根本大法，强调中国共产党代表着中国最广大人民的根本利益。习近平同志在梁家河下乡的时候，《为人民服务》短短数百字，他爱不释手；《愚公移山》《纪念白求恩》常学常新，信念闪耀。

在现实中，困难是具体的，很多时候可能不是你下决心去征服它就一定能解决的。在这种情况下，光有“无我”的精神也未必管用。对于这个问题，习近平总书记打过一个形象的比喻，他说：“一个举重运动员，最开始只能举起50公斤的杠铃，经过训练，最后可以举起250公斤。我相信可以通过我的努力、通过全中国13亿多人民勠力同心来担起这副重担，把国家建设好。”[3]所以，有“无我”的精神，持之以恒必定会有“大我”的成就。

很多年轻人可能都不太理解，西方也讲“for the pepole”。我们的以人民为中心与西方的“for the pepole”到底有没有

[1] 《马克思恩格斯全集》第1卷，人民出版社1995年版，第459页。

[2] 《马克思恩格斯全集》第1卷，人民出版社1995年版，第459页。

[3] 《习近平谈治国理政》第3卷，外文出版社2020年版，第144页。

区别？当然有区别，而且是本质上的区别。西方的“for the pepole”更多的是为了捞选票的政治口号，它所讲的人民，更多的是注重程序上的民主，一人一票的普选制是最大特征。我们的以人民为中心则是实实在在的行动指南。

对此英国剑桥大学政治和国际研究部的高级研究员马丁·雅克表示：“形式上，美国也许可以被称作民主国家。然而，在现实中，它的民主存在严重缺陷。除了选举期间，人民几乎没有参与民主。即便是在选举期间，投票的人也相对较少。美国没有一位总统是由大多数有投票权的人选出的。媒体在影响人们的态度和决定选举结果方面起着很重要的作用，但它被巨额资金主导。同样，巨额资金在国会选举中发挥着重要作用。而要赢得总统选举，则需要巨额资金。”

除了在某些领域，美国的资源相对比较缺乏，在很大程度上没有能力进行战略思考，比如抗击新冠疫情。相比之下，中国共产党是人民的代表和领导，在执政方面表现出非凡的能力。

中国以人民为中心的治理，最引人注目的例子就是抗击新冠疫情。与西方不同，中国优先考虑保护生命，而不是经济。武汉抗疫广泛发动人民群众，死亡率、感染率都非常低。与此相反，美国抗击新冠疫情几乎各个方面都失败了，死亡率、感染水平都很高。经济绝对优先而非生命至上，导致美国在抗疫中表现出的无能令人难以置信，使得族群高度两极分化成为一个社会问题。

1990年，习近平同志创作的《念奴娇·追思焦裕禄》词中有这样一句话："绿我涓滴，会它千顷澄碧。"[1]意思是将自己像一滴水一样融入为人民服务的汪洋大海中。习近平总书记的"无我"境界早已深植于心。"无我"，这一习近平总书记的原创性思想，言简意赅地道出了中国共产党人的精神内核，鲜明体现了党性和人民性的高度统一。中国共产党人把自己融入为中国人民谋幸福、为中华民族谋复兴的初心和使命里，每一朵浪花汇聚起来，就是新时代的滚滚浪潮。

[1] 习近平：《念奴娇·追思焦裕禄》，《福州晚报》1990年7月16日。

源泉

丰民

无我

青绿

先手

大道

和合

本色

青绿

本章访谈嘉宾为国家气候战略中心战略规划部主任柴麒敏，湖南省社科院院长、省政府发展研究中心主任钟君。

1613年三月底四月初，浙江天台山时晴时雨，对旅游的人来说并不是理想的季节，但这并没有影响顶流旅游博主徐霞客的登山计划。他与友人“自宁海出西门”，恰逢云层散开，太阳露出笑脸，天台山“人意山光，俱有喜态”，可谓美景胜收。一路上，徐霞客拄着拐杖，愉快地爬着山。忽然他神色一变，听到旁边有动静，是老虎的啸叫。啸叫声越来越密集，不远处树林有动静。徐霞客“闻此於菟即老虎夹道，月伤数十人”，心里非常害怕，他和友人跑了起来，而且越跑越快。一不小心，脚下一滑，徐霞客摔了一跤，晕了过去。

等到醒来时，天色已晚，夜空中繁星点点，他忍着伤痛慌忙爬了起来，发现前面有屋子亮着灯，心中一喜，赶紧一路奔跑过去。他一边跑一边大喊：“赶快关门，小心老虎，小心老……”话没说完，他来到了屋子门口，愣住了。从外向里看，他发现房间里的一切东西都是他没见过的。

徐霞客像刘姥姥一样到处打量，发现一个戴着眼镜的人坐在椅子上直勾勾地盯着他。这人就是这家民宿的老板。听到徐

◆ 徐霞客穿越到新时代，来到民宿醉流霞客栈

霞客大喊大叫，又见到他一身古怪的穿着打扮，老板心里有点不爽，但他还是忍着客气道："您这声音挺洪亮的，穿的汉服也挺好看。有预定吗？"

徐霞客蒙了，没有答话。

老板自问自答："没预定啊？本来没房了，不过刚有人退了一间。先登记一下，请出示身份证。"

徐霞客一脸问号，小声地自言自语："身份证？"

老板无奈道："身份证也没有？那钱总有吧！"

徐霞客全身摸了一圈，没有发现。

老板满脸鄙夷："真是穷游啊！"

徐霞客把包袱摊在地上继续找，包袱里只有手稿和衣服。老板瞥见手稿，好奇地走过来，捧着看起来。

老板读着越来越带劲，突然大手一挥说："别找了，今天你住在这，不要钱。"

徐霞客一脸疑惑。

老板拿起手稿，走过去拍了拍徐霞客的肩膀道："哥们，看来你是徐霞客的铁粉，我也是。徐霞客把天台山写火了、写出名了，我也从背包客回家当了老板。你看，我的客栈叫啥？"

徐霞客顺着老板手指的方向，"醉流霞客栈"的招牌映入眼帘。徐霞客走进民宿，一脸新奇加疑惑，内心暗道："如今这青山，怎会如此喧闹？"

绿水青山就是金山银山

【绿水青山可带来金山银山，但金山银山却买不到绿水青山。】

绿水青山为什么在今天变成了金山银山？其实这个不难理解，生态本来就是生产力。唐代大诗人李白曾说过："且就洞庭赊月色，将船买酒白云边。"美景可以愉心，月色还能赊酒。

从三江源到四川大熊猫基地，从黄河壶口瀑布到洞庭湖，从海南热带雨林到武夷山，从云南泸沽湖到东北长白山，山水画风，青山叠翠，瀑布如练，鸟兽闲游，游人如织，真是"到处皆诗境，随时有物华"。

新时代这10年，中国的森林面积增长了近27%、黄河干流连续20多年没有发生过断流现象。2021年，长江武汉段多次发现濒危江豚的身影，江西鄱阳湖候鸟数量创历史新高，洞庭湖越冬水鸟种数和数量均破历史纪录……中华大地绿水青山、天地辽阔，美不胜收，难怪这些年大家都喜欢去旅游、徒步、露营，亲近自然。

不管有多远，只要景色够美，都会有很多游客。这就是生态对经济的拉动作用。三江源、四川大熊猫基地、黄河壶口瀑布、洞庭湖、海南热带雨林、武夷山等均为近些年我国设立的国家公园。国家公园的保护面积达23万平方公里，涵盖近30%的陆域国家重点保护野生动植物种类。可以说，国家公园成了动物们的乐园。

追问新时代10年来我国在生态环境方面为什么会有这么大的变化？原因在于我们在生态文明建设上下了极大的决心。改革开放后不久，我们党形成物质文明、精神文明“两个文明”并举的发展思路。20世纪八九十年代，我们党明确了我国在初级阶段进行社会主义政治建设、经济建设和文化建设的“三位一体”布局。在2007年10月召开的党的十七大上，我国社会主义建设由“三位一体”升级为经济建设、政治建设、文化建设和社会建设并举的“四位一体”布局。党的十八大以来，我们党统筹推进经济、政治、社会、文化、生态文明建设的“五位一体”总体布局。

如果要进一步追问，党的十八大为何提出统筹推进政治、经济、社会、文化、生态文明建设的“五位一体”总体布局，原因在于，当时的环境问题十分突出。如何既要发展，又保护好生态环境，就是我们面对的时代之问。

浙江安吉有一块石头，上面写着“绿水青山就是金山银山”，新时代如何回答“时代之问”，答案就在这块石头上。2005年，时任浙江省委书记的习近平在这里第一次提出“绿水青山就是金山银山”，他说安吉离上海、苏州、杭州很近，“一定要抓好度假旅游这件事”。2019—2021年安吉连续3年获得全国县域旅游综合实力百强县排名第一，2021年旅游总收入达到365.7亿元。一天一个亿，绿水青山果然是金山银山。习近平总书记讲的绿水青山就是金山银山，实际上是一个很通俗的表达。保护生态环境就是保护生产力，改善生态环境就是发展

◆ 《思想的旅程》第四集“青绿”的访谈在青山绿水间进行

生产力。可以说，习近平总书记是站在马克思主义基本原理的高度上、站在生产力的高度上来看待生态环境的保护的。这也是马克思主义中国化和时代化的一个重要表现。

正是在这个理念之下，我国生态环境保护在新时代发生了历史性、转折性、全局性的变化。

坚决打赢蓝天碧水净土三大保卫战

【环境就是民生，青山就是美丽，蓝天也是幸福。要像保护眼睛一样保护生态环境，像对待生命一样对待生态环境。】

要了解新时代这10年我国生态环境保护发生的历史性、转折性、全局性的变化，有必要了解2012年时的环境问题。

这一年，世卫组织发布报告称空气污染造成全球700万人死亡，算下来，全球每分钟就有13人因此丧命。我国也不例外，2013年春天刚到，北京、河北、山东的口罩卖断货了，航班延误了，高速封闭了，学校停课了，工厂限产停产了。有网友戏称这是“十面‘霾’伏”。那时候天上经常灰蒙蒙的，人们开始以为是雾，后来才知道那是霾。

抬头，天色难看，低头，水色也难看。从洞庭湿地到巴山蜀水，全国近30%的重要湖库富营养化，长江生物完整性指数甚至到了最差的“无鱼”等级。

“青蒲偃水，高柳潆堤，天然绝胜。”这是徐霞客在游记中描写的400多年前的云南滇池美景。滇池是云南省最大的淡水湖，有“高原明珠”之称。

从20世纪60年代以来，由于周围工业快速发展，城区人口增加，工业污水、生活污水直排，滇池水质迅速恶化。整个草海和流进滇池的河道都被水葫芦等水草还有各种垃圾堵塞。20世纪80年代，昆明开始滇池污染治理。公开资料显示，“九五”至“十二五”期间，滇池治理共投资501.6亿元，每年的投入相当于当年财政支出的近1/3。2013年的滇池，已是蓝藻疯长，臭气熏天。

李云丽，昆明西山巾帼打捞队的队长。这支打捞队之所以命名“巾帼”，是因为队伍里，都是像李云丽一样的“渔家女儿”。她们是滇池哺育的孩子，从小生长在滇池边。小时候，她们一年有10个月生活在船上。渴了，就喝一捧滇池水；饿了，撒下网就有鱼满舱。

可1987年开始，污染严重的滇池再也打不上鱼来了。李云丽还记得那时滇池的样子，“污染很严重，水都是乌黑乌黑的，水面上漂了很多垃圾，蓝藻有30多厘米厚，就像一床大棉被一样，盖在滇池上，我们从早上6点半钟，打捞到下午5点钟，最少每船要有1200斤左右。”

打不上鱼，这些渔家的女儿便开始自发地打捞滇池里的垃圾、死去的水草、浮萍和青苔，她们要反哺滇池。

1988年，李云丽带着村里几名妇女开始驾着自家的木筏，拿着自己的简易网兜开始义务打捞工作。夏天，从早上6点半一直捞到下午5点。冬天则从早上7点捞到下午6点，中午有一个小时的吃饭时间。为节约时间，打捞队队员每天出门前要把饭热好，放进饭盒里。开始的时候，一天打捞的水草、垃圾都是好几船，经常累得直不起腰。30多年来，队伍规模最大时曾达到上百人，队员也换了不少。母亲年纪大了退下来，女儿接着干；婆婆“退休”了，媳妇来“接班”；打捞队中有的队员已是第三代了。

她们晒得黝黑，但滇池的水越来越清澈。李云丽笑着说：“以前我们是义务打捞，从1995年的时候，我们每天领到6块钱的补贴，现在我们的工资每月是1700元。”

而这只是云南治理滇池的一个缩影。这场不见硝烟的“高原明珠保卫战”，不仅令滇池儿女忧心，更是全国生态环境保

◆ 如今清澈的滇池湖水

护的大事之一，从1996年起，治理滇池投入资金高达数百亿元，云南省、昆明市实施滇池底泥疏浚、蓝藻清除、面山绿化、水生态恢复等诸多工程，推进了“环湖截污、外流域引水及节水、入湖河道整治、农业农村面源治理、生态修复与建设、生态清淤”6大重点工程。

到2015年，昆明市委形成了“科学治滇、系统治滇、集约治滇、依法治滇”的新思路，滇池流域深化“河长制”，实行“四级河长五级治理”责任体系，推动“六个转变”。在此基础上，滇池治理实施了两项创新性的“硬核”举措：一是对入滇河道实行“双目标责任制”，二是实施“河道生态补偿制”。如今，有百名“市民河长”守卫着36条主要出入滇池河道。

李云丽说：“经过政府的治理，加上我们小小的努力，滇池水逐步清了，就是我们最开心的事。”

如今，随着滇池治理的持续推进，滇池水逐渐变清，滇池全湖水质从劣Ⅴ类提升到Ⅳ类，为近30年来最好水质。

其实，雾霾之殇、滇池之痛在很大程度上是发展的代价，全球都不例外。18世纪中叶，率先兴起工业革命的英国出现过严重的环境问题。19世纪，美国洛杉矶等城市饱受空气污染困扰。我们用短短几十年时间走完了发达国家几百年的工业化进程，成就是巨大的，但带来的生态环境问题也是巨大的。恩格斯就曾警示过全人类："我们不要过分陶醉于我们人类对自然界的胜利。对于每一次这样的胜利，自然界都对我们进行报复。"[1]

如何既要发展，又保护好生态，这就是我们面对的时代之问。

西安市长安区东大街道，有一个"秦岭和谐森林公园"。几年前，这里被一片违章建筑占领。其中最出名的是"陈路超大违建别墅"，圈占基本农田14.11亩、鱼塘两处超过1000平方米。这只是秦岭违建的一个案例。

秦岭山脉是划分我国南北地区的分界线之一，也是中华文明腹地的一道重要生态安全屏障，具有调节气候、保持水土、涵养水源、维护生物多样性等诸多功能。守护好秦岭生态安

[1] 《马克思恩格斯选集》第3卷，人民出版社2012年版，第998页。

◆ 嘉宾柴麒敏

全，其意义不言而喻。过去有一段时间，秦岭北麓不断出现违规、违法建设的别墅，中央虽然三令五申、地方也出台多项政策法规，要求保护好秦岭生态环境，但是还是有很多人盯上了秦岭的好山好水，试图将“国家公园”变为“私家花园”，严重破坏了生态环境。

2014年3月，秦岭违建别墅破坏生态环境情况再次被媒体曝光。2014年5月13日，习近平总书记就秦岭北麓西安段圈地建别墅问题作出重要批示，要求陕西省委省政府主要负责同志关注此事。

很快，陕西就成立了调查组，调查了一月得出结论：“违建别墅底数已彻底查清，共计202栋。”当时西安市主要领导还在《陕西日报》发表署名文章，说整治工作已经完成。事实上，该

◆ 秦岭北麓违建别墅依法被拆除

拆的没有拆，不该建的还在建。后来经过中央工作组清查，实际上违建别墅不是202栋，而是超过了1000栋。2018年7月31日起，一场雷厉风行的专项整治行动在秦岭北麓西安境内展开：违法建设别墅查清一栋拆一栋，然后复绿复耕。

从媒体大范围曝光到大面积拆除，习近平总书记前后批示了6次，拆除违建花了4年时间，56名县处级以上官员被处分，3名厅局级干部被立案查处，总计137名干部被追责。

最近10年，我们就是靠这股子劲让生态环境大变样。

生态污染治理难，为了还子孙后代绿水青山，必须排除万难。面对生态环境的破坏，党的十九大报告指出，要加强对生态文明建设的总体设计和组织领导，完善生态环境管理制度，坚决制止和惩处破坏生态环境行为。近年来，我们颁布的涉及生态文明建设的改革方案就达40多项。

2015年1月1日，“史上最严”环保法施行。

2016年12月，中共中央办公厅、国务院办公厅印发《关于全面推行河长制的意见》。

2017年10月18日，习近平总书记在十九大报告中提出：要坚决打好防范化解重大风险、精准脱贫、污染防治的攻坚战。

截至2019年1月24日，全国已全面建立湖长制，设立省、市、县、乡四级湖长2.4万名，其中，85名省级领导担任最高层级湖长。

2020年12月，我国第一部流域法《长江保护法》实施。

2021年1月，中共中央办公厅、国务院办公厅印发了《关于全面推行林长制的意见》。

这些措施“带高压电”，生态环境抓不好，小心摘掉乌纱帽。

2018年习近平总书记考察长江来到湖南岳阳，殷殷嘱咐“守护好一江碧水”，湖南抓生态环境保护丝毫不敢马虎，强力拆除洞庭湖矮围，实施了十年禁渔。2022年6月13日，湖南《岳阳日报》还发表了3份检讨书，做检讨的是岳阳市湘阴县县长等，一时引发社会的广泛关注。

为了打好污染防治攻坚战，岳阳决定进行“一月一考核、一月一排名、一月一约谈”。上面登报检讨的，就是在5月份污染防治攻坚战考核中的倒数前3名。

制度严苛、监督严格，才能带来看得见的效果。为了压实压严环保责任，中央还开展多轮巡视。从2015年以来，中央完成了两轮生态环境保护的督查，到2022年上半年我们分6批完成了全国31个省区市、新疆生产建设兵团、2个部门6家央企的督查，坚决查处了一批破坏生态环境的重大典型案件，解决了一批人民群众反映强烈的突出环境问题。

2022年3月，中央第三生态环境保护督察组督察内蒙古自治区发现，巴彦淖尔市乌拉特前旗矿山开采长期无序发展，大面积露天开采对生态破坏严重，越界开采等违法违规问题突出。露天开采集中区域在荒漠草原中形成一座座“天坑”和尾矿废渣堆积的“山丘”。特别是低品位铁矿开发的生态破坏问题突出，采坑面积达5430亩，占全旗露天矿采坑面积的一半以上；采坑、排土场、尾矿库等违法侵占草原。督察组现场抽查的8家露天矿山，无一按照规范进行开采和修复，植被破坏严重，生态修复难度极大。此外，乌拉特前旗有62个采矿项目违法侵占了近3万亩荒漠草原，给原本脆弱的生态系统造成难以挽回的损害。4月6日，生态环境部曝光了这一典型案例。4月3日，乌拉特前旗自然资源局、林草局、生态环境分局、应急管理局根据有关法律法规，对相关违法违规行为的矿山及企业，联合下达停产通知书，责令停产整改。4月8日，巴彦淖尔市纪委监委发布消息称，乌拉特前旗原国土局局长刘宽、旗林草局副局长那木涉嫌严重违纪违法，正依法接受审查调查。除上述2名干部被查，乌拉特前旗公安局当天发布的“警情通报”称，对涉嫌非法采矿的生金矿业公司原矿长赵某某、副矿长张某某，温图铁矿法定代表人王某某依法刑事拘留；对耀辉矿业有限公司大西沟硅石矿负责人范某某依法取保候审；对涉嫌违法占用草原的安某某和长盛矿业开发有限责任公司实际控制人郝某依法刑事拘留。

其实有一些真实的影像记录更加直观。有一个叫邹毅的摄影师，从2012年开始，每天在同一个地方拍一张北京天空的照片，拍了10年。他的照片能呈现这10年北京天空从灰到蓝的变化。

2014年，亚太经合组织领导人会议在北京拉开帷幕。“APEC蓝”一词在互联网上不胫而走。习近平总书记看在眼里，记在心里。欢迎宴会上，他讲述了自己的观感：“有人说，现在北京的蓝天是‘APEC蓝’，美好而短暂，过了这一阵就没了。我希望并相信，经过不懈努力，‘APEC蓝’能保持下去。”现在看来，这个愿望实现了。

蓝天保卫战、碧水保卫战、净土保卫战，一仗仗打下来，生态环境发生了翻天覆地的变化。比如陕西延安，曾经是中国水土流失最为严重的地区之一，后来通过多年的退耕还林，从卫星视角看，一大片的黄都变成一大片的绿了。绿水青山，直接给黄土地开了“美颜”。这片绿色不仅是养眼，它还能生钱。

中国人嫁女有个习俗，要给嫁妆。福建省三明市常口村，中国“碳票”第一村，村民张林顺在女儿张某要结婚时，给了她一张纸做“嫁妆”。

可别小看这张纸，它很特别，名字叫碳票。碳票指的是由当地林业局开具的林地空气“身份证”，有关部门会根据林木吸收的二氧化碳来算钱，以碳票的形式发给村民，村里拿着碳票，就能卖给需要购买碳排放指标的企业。简单来说，就是空气能卖钱。树种得越多，吸收的二氧化碳越多，碳票就越值钱。2021年，常口村卖出了中国第一张林业碳票，将3197亩林地为期5年的碳减排量兑现了14万多元现金，村民每人分得140元。

常口村是一个传统的客家村落，唐朝末年，为避战乱，常口人的先祖南迁至此，在这片大山里扎根。山林给予他们庇护以及生存的保障，所以房前屋后栽植树木，也就成了常口村人的传统。如今的常口村，森林覆盖率高达92%，1.9万亩山林环绕着村庄，使这里成为一个巨大的天然氧吧，也为长期保护环境的村民们留下了财富。张林顺家有387亩山林，算下来，他送给女儿的这一张碳票就值2万多元。这可是全国第一张林业碳票。

2022年，第二张碳票刚一开出，买家就又找上门来了。村支书邓万富带着想买碳票的企业进山考察，语气里满是骄傲：“你看这棵树，漂亮吧，笔直的。这样子一亩5年的碳汇量会达到3吨。我们这一次这一片村里面5年会达到2.1万多吨碳减排量。”

俗话说，种瓜得瓜，种豆得豆，这里是种树得钱，想法创

◆ 福建省三明市常口村

意十足。除了碳票，常口村还在全国首创“一元碳汇”的试点项目，以每元10千克的价格向外销售，如果有人想买，扫码就可以了。

正如邓万富所说，碳票的好创意，“激发我们村民管好护好守好我们这座山，让我们这个好空气一直能够传承下去，真正的把绿水青山转换为金山银山”。

人不负青山，青山也定不会负人。绿水青山也是金山银山。生态环境所表现出来的生产力，旅游就是其中一种转换的方式。比如湖南的十八洞村，每年接待几十万名游客，四川大凉山的悬崖村如今也成了网红景点。过去是“穷山恶水”，现在都摇身变成了旅游目的地。

现在更为直接的方式就是生态文明的制度创新，用市场配置资源手段把人们对生态文明的重视，由外在的约束变成了一种内在的经济驱动。目前全球碳市场的交易额2021年已经达到了7600亿欧元。2021年，我国启动了全国碳排放权交易市场。政府分配碳排放配额给企业，技术效率比较低但排放多的企业，就需要去市场上购买额外的排放的指标，技术效率高的企业通过技术创新把排放降下来，这些企业就可以获得额外的资金支持。碳排放权交易实际上是通过看不见的市场的这一只手，使投资大量流向绿色低碳领域。

碳票是碳汇交易的一个重要品种。碳汇还涉及老百姓的日常生活。比如，人们若选择乘坐公交车、共享单车等绿色出行方式，就可以获得一定的经济激励。全国20多个省在推动这类激励机制，此举有可能推动人们在生活消费领域形成绿色低碳这种新的时尚。世界银行做过一个预测，碳排放权相关交易未来有可能会超过油气期货市场，成为全球最大的能源环境权益类市场。

以习近平生态文明思想
引领新时代生态文明建设

【建设生态文明，关系人民福祉，关乎民族未来。】

习近平总书记曾引用过《礼记 · 中庸》中的一句话："万物

并育而不相害，道并行而不相悖。”意思是我们应该追求人与自然的和谐相处。他也引用过荀子的话：“天行有常。”意思是大自然有它自己的发展规律。可见，习近平生态文明思想汲取了许多中华传统文化中的精华。

何为生态？荀子曾说：“万物各得其和以生，各得其养以成。”那我们应该如何对待生态环境呢？荀子也指出：“应之以治则吉。”道出了和谐就是好生态，尊重自然规律才会有好生态的真谛。如果天真地以为“人定胜天”，结果恐怕适得其反。

马克思主义的生态观讲究“人同自然的和解”。恩格斯就曾告诫人类：“我们决不像征服者统治异族人那样支配自然界，决不像站在自然界之外的人似的去支配自然界——相反，我们连同我们的肉、血和头脑都是属于自然界和存在于自然界之中的；我们对自然界的整个支配作用，就在于我们比其他一切生物强，能够认识和正确运用自然规律。”[1]

习近平总书记强调将马克思主义基本原理和中国具体实际相结合、和中华优秀传统文化相结合，因此习近平生态文明思想也来源于此，当然，这也跟党带领人民的百年奋斗、跟习近平总书记本人的从政经历都息息相关。

[1] 《马克思恩格斯选集》第3卷，人民出版社2012年版，第998页。

习近平生态文明思想的“旅程”

★ **2005年8月**，时任浙江省委书记的习近平在浙江安吉县余村调研时强调，绿水青山也是金山银山，“绿水青山可带来金山银山，但金山银山却买不到绿水青山”。

★ **2012年11月**，党的十八大报告提出：“建设生态文明，是关系人民福祉、关乎民族未来的长远大计。面对资源约束趋紧、环境污染严重、生态系统退化的严峻形势，必须树立尊重自然、顺应自然、保护自然的生态文明理念，把生态文明建设放在突出地位，融入经济建设、政治建设、文化建设、社会建设各方面和全过程，努力建设美丽中国，实现中华民族永续发展。”

★ **2015年10月**，党的十八届五中全会强调，实现“十三五”时期发展目标，破解发展难题，厚植发展优势，必须牢固树立并切实贯彻创新、协调、绿色、开放、共享的发展理念。

★ **2016年1月**，习近平总书记在推动长江经济带发展座谈会上强调，长江是中华民族的母亲河，也是中华民族发展的重要支撑；推动长江经济带发展必须从中华民族长远利益考虑，把修复长江生态环境摆在压倒性位置，共抓大保护、不搞大开发，努力把长江经济带建设成为生态更优美、交通更顺畅、经济更协调、市场更统一、机制更科学的黄金经济带，探索出一条生态优先、绿色发展新路子。

★ **2017年10月**，习近平总书记在党的十九大报告中强调，人与自然是生命共同体，人类必须尊重自然、顺应自然、保护自然。人类只有遵循自然规律才能有效防止在开发利用自然上走弯路，人类对大自然的伤害最终会伤及人类自身，这是无法抗拒的规律。我们要建设的现代化是人与自然和谐共生的现代化，既要创造更多物质财富和精神财富以满足人民日益增长的美好生活需要，也要提供更多优质生态产品以满足人民日益增长的优美生态环境需要。必须坚持节约优先、保护优先、自然恢复为主的方针，形成节约资源和保护环境的空间格局、产业结构、生产方式、生活方式，还自然以宁静、和谐、美丽。

★ **2018年5月**，习近平总书记在全国生态环境保护大会上强调："要自觉把经济社会发展同生态文明建设统筹起来，充分发挥党的领导和我国社会主义制度能够集中力量办大事的政治优势，充分利用改革开放40年来积累的坚实物质基础，加大力度推进生态文明建设、解决生态环境问题，坚决打好污染防治攻坚战，推动我国生态文明建设迈上新台阶。”

★ **2022年1月**，习近平总书记发表新年贺词提出：“黄河安澜是中华儿女的千年期盼。近年来，我走遍了黄河上中下游9省区。无论是黄河长江‘母亲河’，还是碧波荡漾的青海湖、逶迤磅礴的雅鲁藏布江；无论是南水北调的世纪工程，还是塞罕坝林场的‘绿色地图’；无论是云南大象北上南归，还是藏羚羊繁衍迁徙……这些都昭示着，人不负青山，青山定不负人。”

★ **2022年1月**，习近平总书记在主持中共中央政治局第三十六次集体学习时强调：“实现‘双碳’目标是一场广泛而深刻的变革，不是轻轻松松就能实现的。我们要提高战略思维能力，把系统观念贯穿‘双碳’工作全过程。”

★ **2022年6月**，《求是》杂志发表习近平总书记的重要文章《努力建设人与自然和谐共生的现代化》强调：“要完整、准确、全面贯彻新发展理念，保持战略定力，站在人与自然和谐共生的高度来谋划经济社会发展，坚持节约资源和保护环境的基本国策，坚持节约优先、保护优先、自然恢复为主的方针，形成节约资源和保护环境的空间格局、产业结构、生产方式、生活方式，统筹污染治理、生态保护、应对气候变化，促进生态环境持续改善，努力建设人与自然和谐共生的现代化。”

★ **2022年10月**，习近平总书记在党的二十大报告中提出：“我们坚持绿水青山就是金山银山的理念，坚持山水林田湖草沙一体化保护和系统治理，全方位、全地域、全过程加强生态环境保护，生态文明制度体系更加健全，污染防治攻坚向纵深推进，绿色、循环、低碳发展迈出坚实步伐，生态环境保护发生历史性、转折性、全局性变化，我们的祖国天更蓝、山更绿、水更清。”

生态文明建设是关乎中华民族永续发展的根本大计，与经济发展不是对立的，而是相辅相成的。生态环境保护就是为了推动更好的发展，而且生态环境整个的变化实际上直接影响到了文明的兴衰。我们知道四大文明古国除了中国以外，古埃及、古印度、古巴比伦都没有得到延续，原因与环境变化具有重大关联。

在新疆地区的黄沙之下，埋藏着一个有着辉煌文明的古国，它就是楼兰。1980年4月14日，第一个进入罗布泊的女考古学家穆舜英一行在罗布泊铁板河三角洲的一座墓地，发现了“楼兰美女”——一具出土前已沉睡沙海3800年、依然保存完好的女尸。楼兰，最早见于司马迁的《史记》，地处塔里木盆地最东端，与敦煌相邻，是西域的一个重要王国。然而，这个丝路重镇在公元5世纪后突然消失，繁荣的楼兰绿洲成了一片荒漠。神秘的楼兰古国为什么消失？一个重要原因就是生态环境被破坏。滥砍滥伐，加上屯垦开荒、盲目灌溉，古城最后被黄沙吞没，如今只剩下3800年的楼兰公主木乃伊躺在博物馆里，用她美丽的遗容诉说着那一段古老的文明。

从国际视野看，工业革命带来生产力大爆发，也带来生态环境的急剧恶化。而先污染后治理的发展之路得不偿失，代价惨重。比如，伦敦曾经很长一段时间是著名的雾都；1940年到1960年洛杉矶光化学烟雾事件致使当地65岁以上老人先后死亡

◆ 楼兰古国遗址

800多人；1986年莱茵河边化学品仓库发生火灾，剧毒物质使得160公里范围内多数鱼类死亡，生物物种遭受灭顶之灾。

是先发展再修复好，还是边发展边保护好？环境科学中有一个经典概念——环境库兹涅茨曲线，意思是随着人均国民收入的增长，环境污染程度先上升，达到某一污染程度最高点后，人均国民收入继续增长，环境污染程度缓慢下降。西方的教训很惨痛，经济飞速发展，污染火箭式上升。

中国之前也尝到了环境污染的恶果。如何让经济继续往上走，让污染降下来，让环境越变越好，这很考验中国政府的治理智慧。要建设美丽中国，那就绝对不能重复西方的老路，而是要闯出一条新路来。这条新路就是加强生态文明建设。

对于这一点，世界银行前副行长、全球经济与气候委员会联合主席尼古拉斯·斯特恩认为，人类必须尽快减少石化燃料的使用，这是用与以往不同的方式投资未来。中国清楚地展示了将生态和生态文明带到中心舞台的投资方式。

习近平总书记经常强调构建人与自然命运共同体，这也表明了中国的立场：保护环境不仅仅是中国的事情，这其实是在回答世界之问。习近平生态文明思想是对世界的重大贡献。

中国提出了共建全球生态文明的方案，特别是反思工业革命以来的发展模式，进而提出了推动建设清洁美丽世界的路径。在联合国的主渠道下，中国推动包括应对气候变化、保护生物多样性、推动绿色一带一路建设、支持发展中国家绿色低碳发展的南南合作等一系列的工作。中国作为拉动全球经济的引擎，也是全球“绿色增长”的主力军。2021年《自然—通讯》发表的一项研究成果显示，在过去18年的时间里，中国新增城市面积占全球新增城市总面积的47.5%，向全球贡献了32%的大城市显著变绿区域，直接受益人数达1.08亿。美国人从太空中拍的地球照片显示，过去10年，地球上增加的绿色面积差不多相当于一个亚马孙森林，其中主要的贡献都是来自中国。

早在2020年，中国还向世界作出庄严承诺，力争2030年前实现“碳达峰”、2060年前实现“碳中和”。在中国带动下，目前全球有130多个国家提出了“碳中和”的目标。2022年北京冬奥会，场馆都达到绿色建筑标准，使用的都是可再生能源，中国实现了奥运历史上第一次碳排放全部中和。

新时代这10年来，中国的生态文明建设也获得了国际社会的高度认可。2013年，联合国环境规划署理事会会议通过了推广中国生态文明理念的决定草案。2016年，联合国环境规划署又发布《绿水青山就是金山银山：中国生态文明战略与行动》报告，认为中国生态文明战略为世界可持续发展提供了中国方案。2021年，《生物多样性公约》缔约方大会第15次会议的主题是“生态文明：共建地球生命共同体”，这是联合国环境公约缔约方大会首次将“生态文明”作为大会主题。

“青山不墨千秋画，绿水无弦万古琴。”习近平生态文明思想站在中华民族永续发展的高度，站在对人类文明赓续负责的高度，科学阐明在人类文明进程中，以人与自然和谐共生为鲜明特征的新的文明发展形态，打破了现代化进程中的单极增长迷思，从文明观的维度开辟了马克思主义人与自然关系理论的新境界，书写了神州的大美图景。

源泉

丰民

无我

青绿

先手

大道

和合

本色

先手

本章访谈嘉宾为《文汇报》高级记者、研究员郑若麟，湖南省社科院院长、省政府发展研究中心主任钟君。

1280年10月1日晚，元朝大都，夜空繁星满天。

齐履谦正在用简仪观测星象，他兴奋地转过头来说："师傅，简仪精妙至极，弟子佩服。"

郭守敬微笑着望向弟子，语重心长地道："伯恒，星河辽阔，进无止境。"

"若是能至广寒宫一探究竟，此生何憾？"齐履谦内心充满期待。

郭守敬笑道："今晚做个梦，你就可以一探究竟了。"

夜深，郭守敬入梦。在梦境中，他穿越到了2022年的北京郭守敬纪念馆。一群小朋友正围着天文望远镜，纪念馆讲解员正在给他们做讲解："刚才大家看见月亮了吗？"

小朋友压不住惊喜，齐声回答："看见了，月亮的脸怎么坑坑洼洼的。"

讲解员一笑："那叫环形山，其中有一座呢，叫郭守敬山。这个荣誉只有最厉害的天文学家才能得到。"

郭守敬一脸震惊，急忙凑到望远镜前观看，内心嘀咕："月

◆ 郭守敬穿越到新时代，用望远镜观察星空

亮竟是这般神奇。”

讲解员接着说：“在月球上，还有我们的‘玉兔号’月球车；再远一点，火星上还有我们的‘祝融号’火星车。”

郭守敬更为震惊，转头问：“火星？你说的可是荧惑？”

讲解员愣了一愣：“没错，古人称为荧惑。这位先生一看就是传统文化爱好者。”

郭守敬再问：“那得有多远？”

这时候，小朋友插嘴，满脸鄙夷：“这都不知道，5600万公里，‘祝融号’从地球出发，飞了将近10个月。”

讲解员笑着说：“对于宇宙，这不算远，我们的VLBI超级望远镜，可以看到银河系以外，我们的‘天眼’可以听到宇宙深处的声音。”

郭守敬盯着玉兔号、祝融号等图片，内心翻腾：“直上九天，他们怎么做到的？”

瞄准世界科技前沿下好“先手棋”

【创新是一个民族进步的灵魂，是一个国家兴旺发达的不竭动力，也是中华民族最深沉的民族禀赋。】

回答郭守敬的问题，其实说起来很简单，那就是两个字：创新。

何谓创新？郭守敬等人研制的简仪、仰仪、圭表等天文仪器是创新，编订的《授时历》是创新。人们只要创造了前人没有见过的东西都是创新。“玉兔号”“祝融号”就是靠一代代人接力创新的成果。

2022年6月5日，“神舟十四号”成功飞天。未来5—10年甚至更长时间，太空中将会不间断地有中国人在空间站活动。中国的航天梦正在逐步实现。

郭守敬的疑惑，也是很多人的疑惑。几十年前，没有人会想到中国的航天之路能实现如此大的跨跃式发展。我国有了自己的空间站，在很多领域位居世界第一。比如，我国航天发射次数位居世界第一、北斗第三代导航系统卫星数量位居世界第一、专利申请数量位居世界第一、组网速度位居世界第一。

新时代这10年，中国在科技领域惊喜不断，天眼探空、神舟飞天、墨子“传信”、超算“发威”、国产大飞机首飞等。湖南也有很多代表着中国科技领先水平的科技系统。比如，北斗卫星导航系统定位、轨迹等核心技术代表着“中国高度”；湖

◆ 嘉宾郑若麟

南参与研发的超高速轨道列车，已经达到605公里的实验时速，代表着“中国速度”；全球最大直径的盾构机、全球最长臂的架泵车、全球最大吨位的履带起重机代表着“中国强度”；“海牛二号”深海钻机在2000米的海底打下了231米的钻孔，代表着“中国深度”。可以说，现在的中国科技“可上九天揽月，可下五洋捉鳖”。

习近平总书记在中国科学院十九次院士大会上打了一个形象的比喻：要瞄准世界科技前沿，抓住大趋势，下好“先手棋”。

什么是“先手棋”？比如KBBF激光晶体，它看起来像石头，但却是芯片光刻、超导测量、激光军事武器中的核心材料。我国的陈创天团队率先制成了KBBF激光晶体，让美国眼

◆ “九章二号”

馋了十几年。那时候这种石头，一石难求，能卖到几万美元一枚。干别人没有的，这就叫“先手棋”！

量子计算机“九章二号”的内部是超算中的超算。“九章二号”1毫秒可算出的问题，全球“最快超算”需30万亿年。有专家预言，量子计算将成为第四次工业革命的引擎之一。

喜马拉雅山前进营，海拔6500米，在这“世界屋脊”上有且只有华为的5G基站，使得最高海拔、最恶劣的环境也能覆盖5G信号。在喜马拉雅山前进营建设5G基站的难度非常大，冰雪、大风让人难以前进，“冰面裂缝”随时可能把人吞没，但这不是最难的，最难的是要把8吨重的配套物资运上去。尽管我国有先进的技术，但在这里只能用最原始的搬运办法，用牦牛驮、用人背。在搬运过程中，累死了一头牦牛。这是一种挑战，更是一种信念，那就是让中国5G的旗帜飘扬在世界最高峰。我国会定期对珠峰进行测量，喜马拉雅山前进营基站为科考队提供了信号覆盖。一个是地球最高峰，一个是中国科技的最高峰，当这两座高峰碰撞到一起，足以证明中国在全球科技竞争中抢占先手，摆脱卡脖子窘境的决心。

其实我国很多技术都是被逼出来的，原因在于总是被西方国家“卡脖子”。在全球化时代，每个国家都不可避免地存在技术短板，但由于西方国家在工业革命以来确立的优势太大，加上历史、人才培养等原因，中国的技术短板更多。在国际竞争加剧的情况下，以美国为代表的西方国家不希望看到中国强大起来，所以中国更容易遇到技术封锁。

“卡脖子”就像围棋的“围子”。在中国古代围棋中，其实是白子先行，1949年以后才改为黑子先行。

也是在1949年，以美国为首的17个国家成立了巴黎统筹委员会，禁止向社会主义国家出口战略物资和高技术，禁运清单上有军事武器装备、尖端技术产品和稀有物资等上万种产品。1998年，包括美国、俄罗斯、加拿大、日本在内的10多个国家合作建设国际空间站，这是迄今为止人类在太空领域展开的最大规模合作，唯独中国被排除在外。2011年，美国国会通过“沃尔夫条款”，全面禁止中美在太空领域合作。据英国《泰晤士报》报道，2019年，英国政府认定华为不构成国家安全威胁，愿同华为开展合作后，美国总统派出国家安全委员会亚洲事务主任赴英，在没有任何技术论据来否定英方评估的情况下，向英方代表咆哮5个小时，强行要求英国参与“围剿”华为。英国政府禁用华为的决定使英国自身蒙受了巨大损失，英国5G技术建设要推迟3年，而且到2027年从英国网络中移除所有华为5G设备至少需要花费20亿英镑。2022年7月，美国国会又通过了《芯片和科学法案》，在对美本土芯片产业提供巨额补贴的同时，限制有关企业在华正常经贸与投资活动。除了高端芯片被“卡脖子”，光刻机、EDA工业软件等核心技术，西方也是看得死死的。因为只有把核心技术垄断在自己手里，他们才能源源不断地攫取高额利润。

1904年，一位叫伊莎贝尔的新西兰女教师来到中国湖北探望她的妹妹，她带着一小包美味猕猴桃的种子回到新西兰，这包种子发芽后长出了3株奇异的果树。在数十年的时间里，新西兰佳沛公司培育出了两个品种，叫做奇异果。如今这个公司只卖这一种水果一年赚180个亿，中国是他们最大的市场。那中国能不能种？能。2015年佳沛公司开始推行奇异果的中国本地化种植，但是中国种就得交钱。猕猴桃案例只是中国农业被“卡脖子”的一个缩影。中国是全球头号猪肉消费国，一年要吃掉7亿头猪，但98%的市场被世界三大猪种垄断；中国的祖代鸡，几乎全靠进口；中国近90%的大豆依赖进口；中国蔬菜基地寿光60%以上的种子是洋种子。

都说种子是“农业芯片”，关系到国家安全。习近平总书记强调：“必须下决心把我国种业搞上去，实现种业科技自立自强、种源自主可控。”[1]我国在种业上进行了相关布局，2022年7月20日，岳麓山实验室和杂交水稻全国重点实验室在湖南长沙揭牌，目的就是要建成国际一流的种业实验室，助力国家种业安全。

核心技术要不来，买不来。突破“卡脖子”最好的方法就是下好“先手棋”。“先手”是一个围棋术语，意思是在下完一手棋后，促使对方跟着走，有且仅有一种方案可考虑，从而让对手没有其他选择的余地。

突破“卡脖子”是一方面，更重要的原因是我们的发展一定要因应世界之变、时代之变、历史之变。世界历史上发生过几次重大科技革命，英国、德国、美国、日本等国抓住科技革命的机遇一跃成为世界科技强国和现代化强国，而我国由于明清时期采取闭关锁国政策等原因与历史上几次科技革命都失之交臂。我们必须抢抓新一轮科技革命和产业变革重大机遇，大力增强自主创新能力，打造更多先发优势，下好“先手棋”，赢得主动。

[1] 《把提高农业综合生产能力放在更加突出的位置 在推动社会保障事业高质量发展上持续用力》，《人民日报》2022年3月7日。

人才是下好“先手棋”的关键一招

【人才是第一资源。国家科技创新力的根本源泉在于人。】

2020—2021年，华为上海研究所招聘了300多名“天才少年”，最高年薪突破200万。人才是下好“先手棋”的关键一招。

“野生钢铁侠”稚晖君创造了很多刷屏的作品。比如，能给葡萄缝针的机械臂；会直行、拐弯、躲障、推都推不倒，甚至立在栏杆上也不会摔下来的自动驾驶自行车等。2022年因疫情居家办公，他又捣腾出一个模块化机械键盘，有智能交互模块，不仅可以安装各种App，还可以实现指纹解锁等功能。有趣的是，他做这些看起来有点不务正业，但老板不生气，华为官方还转发了他的视频，并且评论说“太厉害了”。

在西方国家的重重打压下，华为为什么没倒下？靠的就是人才。当年，华为通过一篇论文发现了一个数学天才，任正非马上前往俄罗斯，直接开出了200万美元的天价年薪将他“拿下”！人家说不想离开俄罗斯，华为就为他在俄罗斯设立了一个研究所。可在接下来的十几年里，这位数学家整天玩手机、打游戏，很少与人交流，就像个隐形人。

面对花很多钱养个闲人的质疑，任正非说：“才能越特殊的人，脾气、行为就越古怪。”果然，有一天，这位俄罗斯数学家跑来告诉任正非，他们把2G到3G的算法突破了！就是这项突破，让华为领先了世界。这就是下的“先手棋”。

创新的方式有三种：一种是原始性创新，一种是集成式创新，还有一种是消化吸收再创新。华为之所以能有今天的地位，在于它有大量的原始性创新，就像俄罗斯的数学天才，实际上就是原始性创新。华为不只是有这样的天才，还特别注重培养更多的天才，比如他们招聘了300多名的“天才少年”，有一个叫姚婷的湖南女孩，年薪达到156万。为什么要这样做？因为我国有世界最大的科研人员规模，但是顶尖人才数量远远不够。

如何去吸引这种顶尖的人才，我国还有很长的路要走。党的二十大报告提出：“加快建设世界重要人才中心和创新高地，促进人才区域合理布局和协调发展，着力形成人才国际竞争的比较优势。加快建设国家战略人才力量，努力培养造就更多大师、战略科学家、一流科技领军人才和创新团队、青年科技人才、卓越工程师、大国工匠、高技能人才。加强人才国际交流，用好用活各类人才。深化人才发展体制机制改革，真心爱才、悉心育才、倾心引才、精心用才，求贤若渴，不拘一格，把各方面优秀人才集聚到党和人民事业中来。”[1]这方面，我国也取得了不俗的成就，比如，培育创新的土壤，出台各种吸引人才的好政策等。2021年，仅上海一地就新增外资研发中心25家，中国正在成为全球人才的聚宝盆。

[1] 习近平：《高举中国特色社会主义伟大旗帜　为全面建设社会主义现代化国家而团结奋斗——在中国共产党第二十次全国代表大会上的报告》，人民出版社2022年版，第36页。

加强基础研究、
掌握核心技术是实现科技创新的前提

【只有把核心技术掌握在自己手中，才能真正掌握竞争和发展的主动权，才能从根本上保障国家经济安全、国防安全和其他安全。】

如果说人才是科技创新的基础，那么加强基础研究、掌握核心技术则是实现科技创新的前提。

新疆哈密光伏能源基地发电并网装机累计容量连续7年位居世界第一。很多人不知道的是，中国光伏产业经历了多次“生死考验”。

故事要从多晶硅说起，光伏发电离不开它。多晶硅以前我们自己做不了，得向西方买。2005年，多晶硅的价格为每公斤40美元。同年，专门做光伏发电的无锡尚德太阳能电力有限公司在纽交所上市，成为第一家在美国主板上市的中国民营企业。此后，多家中国企业先后赴美上市，就连生产内衣袜子的企业，也在重金上马光伏生产线。2007年，中国光伏企业已接近千家，占据世界光伏产业半壁江山。然而，谁都不知道，一场大屠杀悄然来袭。在资本推动下，2008年多晶硅价格涨到每公斤500美元。看着原材料暴涨，上游供应商趁机提出签订长协合同，担心还会涨价的中国企业纷纷签字，有的甚至一次性签署10年。这个时候签订长协合同风险太高，但因没有定价权，光伏企业没有办法，不得不签字。那时候我国缺乏核心技术，光伏组件中 90%的原料靠进口。签完高价合同后不到一年时间，多晶硅价格从每公斤500美元暴跌到每公斤40美元。中国光伏企业遭到毁灭性打击，数量从400多家锐减至不到50家。有企业家形容，这就像一场烟火，砰地一声上了天，落下来的全是灰。

更为致命的是，2012年，欧美国家祭出了“反倾销、反补贴”调查的招数，2013年无锡尚德太阳能电力有限公司宣告破产。经历了惨痛教训后，中国光伏产业开始注重从原材料到技术的自主研发，加上政府的全方位扶持，打通了上下游的中国光伏开始复苏，再度成为世界新能源产业的领头羊。

从差点全军覆没到东山再起，这个世界第一来得太不容易了。我们从中看清了一个道理：扎扎实实搞基础研究，这种看似最笨的发展模式反而是最快最稳的。就比如我们的无人驾驶技术，一步一步走，现在有些城市的出租车，连司机都不用了。

风芒APP主持人曼兜，到武汉体验了一把Apollo无人驾驶出租车，还剪成了一条创意短视频。在视频中，曼兜上车后，Apollo主动和她搭话：“我叫小罗，没错，就是传说中的无人驾驶出租车，不用怀疑，车里真没人。”

听见小罗的话，曼兜决定“刁难”一下对自己无人驾驶技术很自信的小罗，“到了目的地要调个头，我要在对面下车，目的地行人很多，记得礼让行人，不然会被扣分的。”

“好的，曼兜小姐。”随着小罗“系好安全带”的提醒，无人驾驶出租车平稳出发，行驶在了马路上。

“小心，前面有行人！”突然看见行人的曼兜惊呼，却发现在她叫出声的瞬间，小罗已经紧急制动，停了下来。前方的行人安稳通过。

“好险，小罗，你是怎么做到的？”小罗对答如流：“神仙只有三头六臂，而我有13个摄像头、9个雷达。实在不行，我们还有5G云代驾呢。这个代驾可不是喝酒后叫的代驾，是应对复杂路况的代驾，在北京总部，一人监控5台车。不过基本用不上，我们有3200万公里的安全行驶经验，我都是个老司机啦。”

Apollo只是中国无人驾驶技术发展的一个缩影。1992年，我国无人驾驶技术正式起步，发展至今已有30年。2020年2月，国家发改委、工信部等11个国家部委联合下发的《智能汽车创新发展战略》提出，加速发展高级别自动驾驶。北京、深圳、重庆等地也相继出台支持政策，鼓励自动驾驶、智能交通发展。

目前，中国无人驾驶渗透率和商业化步伐正在加速。根据智能化程度的不同，自动驾驶被分为L1到L5共5个等级：L1指辅助驾驶，L2指部分自动驾驶，L3指有条件自动驾驶，L4指高度自动驾驶，L5指完全自动驾驶，即真正的无人驾驶。而我国L2+级别的自动驾驶规模量产不断猛增并逐步向L3级过渡，同时，高级自动驾驶的商业化应用正在特定场合逐步展开。总体来看，中国无人驾驶技术发展处在全球前列。

日本《东京新闻》近日发表题为《中国无人驾驶技术领先世界》的报道称，无人驾驶技术正在让生活和城市面貌为之一变。在研发竞争中，中国企业和美国企业双双走在世界前列。在中国，物流和快递行业已经正式引入无人驾驶车辆。无人快递车不仅削减了人工成本，而且在疫情中更有助于降低感染风险，因而颇为引人关注。

另据美国科技新闻网站VentureBeat报道，在自动驾驶汽车的研发竞争中，美国和欧洲一直是领先者。不过，作为世界大国，中国也正奋起直追，将通过政策调控实现弯道超车。未来，中国在自动驾驶汽车的普及率上可能超越欧美等技术强国。

不过，比起无人驾驶技术的飞速进步，我国基础研究的进步空间还更大。2021年的投入仅占到总研发投入比例的6.09%。而发达国家高达15%—25%。习近平总书记指出，基础研究是整个科学体系的源头，是所有技术问题的总机关。在对基础研究的高效投入下，会有更多的中国高新技术领域实现从“0”到“1”的突破。

举国体制是下好“先手棋”的“制胜法宝”

【要健全社会主义市场经济条件下新型举国体制，充分发挥国家作为重大科技创新组织者的作用，支持周期长、风险大、难度高、前景好的战略性科学计划和科学工程，抓系统布局、系统组织、跨界集成，把政府、市场、社会等各方面力量拧成一股绳，形成未来的整体优势。】

除了核心人才和核心技术，我国下好“先手棋”还有一个“制胜法宝”，那就是举国体制，北斗系统就是一个典型的例子。

两千多年前，中国先民就在古籍《尚书纬》中留下关于北斗七星的古老记载。在漫长的历史长河中，北斗七星曾是中国人寻找方向最可靠的坐标。两千多年之后，2020年6月23日，中国西昌卫星发射中心，长征火箭搭载着最后一颗北斗组网卫星，划破长空。一个月后，中国对世界宣布，“北斗三号”全球卫星导航系统正式开通。

这一天，距离中国首次提出研制“双星定位通信系统”已经过去了37年，距离“北斗一号”系统建设正式启动已过去26年，距离第一颗北斗卫星升空20年。

时间回到发展的起点，在我国筹建北斗卫星导航系统之时，世界上已经建成全球卫星导航系统。

起初，我们也想学习效仿其他国家，可是在这个过程中遇

◆ 《思想的旅程》第五集“先手”的访谈在一副巨大的棋盘上进行

到了一些难题。国家安全利益高于一切，所以，北斗系统必须自主可控。

要想在地球上任何地点任何时间实现定位导航，就得保证用户在地球上任何地点任何时间至少“看到”4颗定位导航卫星。GPS全球系统就是由24颗工作卫星组成的。

当时，我国底子薄，不可能“一步建全球”。1983年，“863计划”倡导者之一陈芳允院士，创造性地提出“双星定位”构想。这一方案，能以最小星座、最少投入、最短周期实现“从无到有”。

后来，北斗系统首任工程总设计师孙家栋院士，进一步组织研究提出“三步走”发展战略，决定先建试验系统，然后再建区域系统，最后建成全球系统。

1994年1月10日，国家批准“北斗一号”立项。6年后，我国建成“北斗一号”系统，正式成为世界上第三个拥有自主卫星导航系统的国家。

2004年，我国正式启动“北斗二号”工程建设。中国北斗人仍然没有采取其他全球卫星导航系统的单一轨道星座构型，又一次独树一帜地选择了混合星座的特色发展之路，在国际上首创以地球静止轨道和倾斜地球同步轨道卫星为骨干、兼有中圆地球轨道卫星的混合星座。

原子钟是导航卫星的“心脏”。北斗系统的时间基准都是以纳秒来计算，其中最重要的部件就是原子钟。这样一个高精尖的时间精度，需要核心设备的保障。按当时国家的条件，没有特别好的原子钟能装在卫星上用，在寻求合作过程中碰到了很多困难。

为打赢科研攻坚战，为了赶工期，北斗组建了中科院、航天科技、航天科工三支队伍，同时攻关，并在基础理论、材料、工程等领域同步进行推进，历时两年把国产星载原子钟成功研制出来。

2007年4月14日，第一颗“北斗二号”卫星成功发射升空，我国正式进入到“北斗二号”区域布网时代。至2012年10月25日，我国在5年半的时间内先后将16颗“北斗二号”卫星送入太空。

2020年7月31日，“北斗三号”全球卫星导航系统正式建成开通。

回望北斗系统发展历程，国家投入737个亿的资金，动员了400多个单位、30万名科研人员参与研发，可谓是“举国上下一盘棋、千军万马大会战”。

也正是在举国体制的推动下，我们的北斗系统起步虽晚，但仅用20年就走完其他全球系统40多年的发展道路，特别是党的十八大以来，仅用两年半时间就实现了18箭30星高密度组网连战连捷，成功率100%，创造的中国速度刷新了世界卫星导航系统组网发射纪录。

我们有一个策略叫做“揭榜挂帅”，像北斗导航，前来揭榜挂帅的就有20余家核心企业。这是一种“赛马机制”，谁有本事谁就揭榜，能者上、智者上、谁有本事谁上。“十四五”规划纲要就有一条：“健全社会主义市场经济条件下新型举国体制”，对于科技创新下好“先手棋”，这是一记妙招。

调动一切资源搞科研是一种机制创新。除此之外，我们还要强化国家战略科技力量，提升国家创新体系整体效能，构建开放创新生态，积极融入全球创新网络，参与全球科技治理。多管齐下，我们才能取得累累硕果。

中国科技创新取得新的历史性成就

【我国科技实力正在从量的积累迈向质的飞跃、从点的突破迈向系统能力提升，科技创新取得新的历史性成就。】

2021年5月15日，“天问一号”着陆巡视器被确认成功着陆于火星乌托邦平原南部预选着陆区，标志着我国首次火星探测任务着陆火星取得圆满成功。

2021年5月28日，基于40多年努力，有“人造太阳”之称的全超导托卡马克核聚变实验装置（EAST）创造新的世界纪录，成功实现可重复的1.2亿摄氏度101秒和1.6亿摄氏度20秒等离子体运行，向核聚变能源应用迈出重要一步。EAST是国家发改委批准立项的“九五”国家重大科技基础设施，拥有类似太阳的核聚变反应机制。核聚变能源的原材料在地球上几乎取之不竭，排放无污染，被视为“终极能源”。新世界纪录，将1亿摄氏度20秒的原纪录延长了5倍。

从宇观到微观，我国的科技创新的广度越来越大。

2020年6月8日，历经40余天，由中国科学院沈阳自动化研究所主持研制的“海斗一号”全海深自主遥控潜水器，搭乘“探索一号”科考船载誉归来。“海斗一号”此次在马里亚纳海沟成功完成了首次万米海试与试验性应用任务，最大下潜深度10907米，刷新我国潜水器最大下潜深度纪录，同时填补了

◆ “海斗一号”即将被回收至甲板。新华社 陈凯姿摄

我国万米作业型无人潜水器的空白。

2020年12月17日，“嫦娥五号”返回器携带月球样品在内蒙古四子王旗预定区域安全着陆，探月工程“嫦娥五号”任务取得圆满成功，首次实现了我国地外天体采样返回。这是发挥新型举国体制优势攻坚克难取得的又一重大成就，标志着中国航天向前迈出的一大步。

2020年12月26日，世界上束流强度最高深地实验设施——锦屏深地核天体物理加速器成功出束，束流强度达到2毫安，综合性能达到国际同类装置先进水平。

从深空到深海再到深地，我国的科技创新的深度越来越让人惊叹。

2020年6月15日，“墨子号”量子科学实验卫星在国际上首次实现千公里级基于纠缠的量子密钥分发。该实验成果不仅将以往地面无中继量子密钥分发的空间距离提高了一个数量级，并且通过物理原理确保了即使在卫星被他方控制的极端情况下依然能实现安全的量子密钥分发。这意味着分发量子密码的卫星被他人控制的漏洞将被填补。

2020年1月5日，中科院武汉病毒所分离得到第一株新冠病毒毒株，1月9日完成国家病毒资源库入库及标准化保藏，1月12日作为国家卫健委指定机构之一向世界卫生组织提交了病毒序列，向全球流感共享数据库发布，赢得了国际同行的赞誉，为新冠肺炎的治疗药物和疫苗研发提供了关键支撑。

从信息科技到生物科技，中国科技创新的速度快马加鞭。

2020年3月26日，浙江大学医学院教授郭国骥团队成功绘制出全球首张人类细胞图谱。这项工作概括来说就是人体细胞数字化，团队用数字矩阵描述了每一个细胞的特征，并对其进行系统性分类。研究人员还发现了一些特殊的表达模式，同时定义了30多种新细胞种类。

2018年8月2日，历经4年，中科院研究团队在国际上首次人工创建了单条染色体的真核细胞，这是继原核细菌“人造生命”之后的一个重大突破。

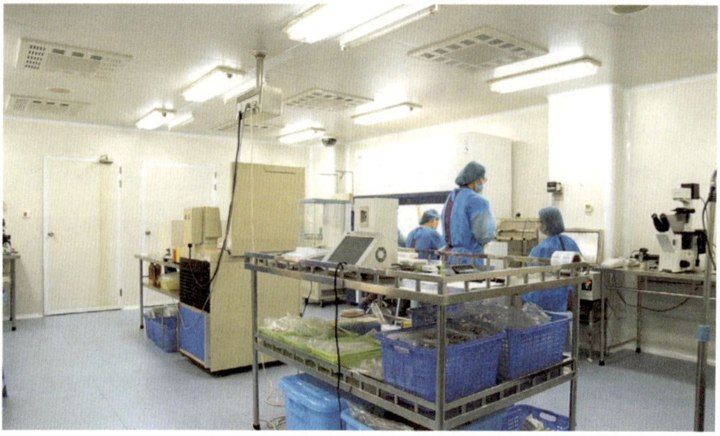

◆ 中南大学湘雅三医院王维教授团队实验室

从认识改造生命到合成设计生命，中国科技创新的精度叹为观止。

这里有一个故事，2021年，世界糖尿病患者达到5.37 亿人，其中中国患者1.4亿人，但治愈这个病是世界级难题。最有希望就这个世界级难题给出答案的是谁？是中国。2013年开始，中南大学湘雅三医院王维教授团队一直在进行“新生猪”猪胰岛移植研究。王维教授本人是世界异种移植之父的学生。海外留学回来后，他多年跟踪，选择了一种和人体基因最接近的猪，按照无菌化的培养方式，培养异种移植的猪的原体，移植到患者身上。实验结果显示，接受移植的患者病情明显好转，总体胰岛素使用减少60%以上，并且已有40多例成功的临床案例。这项可能改变几亿人的技术，目前处于世界领先水平。

不止是科技，我国的创新是全方位的。新时代这10年我国向创新型国家迈出了坚实的步伐。世界知识产权组织发布过一个全球创新指数，我国的排名从2012年的34位上升到2021年的12位。这些巨大成就标志着我国已经进入创新型国家行列，为中国2035年进入创新型国家前列和建设科技强国奠定了坚实基础。这是国家层面重视创新、广大科研人员努力奋斗的结果。

努力成为世界主要科学中心和创新高地

【中国要强盛、要复兴，就一定要大力发展科学技术，努力成为世界主要科学中心和创新高地。我们比历史上任何时期都更接近中华民族伟大复兴的目标，我们比历史上任何时期都更需要建设世界科技强国！】

党的十八大以来，习近平总书记在不同场合多次强调了科技创新作为国家战略中的核心地位。习近平总书记关于科技创新的重要论述吸收了许多中华优秀传统文化和马克思主义的精华。

习近平总书记关于科技创新重要论述的“思想的旅程”

★ **2013年11月**，习近平主席视察国防科技大学时强调：“真正的核心关键技术是花钱买不来的，靠进口武器装备是靠不住的，走引进仿制的路子是走不远的。”

★ **2015年7月**，习近平总书记在长春召开的部分省区党委主要负责同志座谈会上的讲话强调：“抓创新就是抓发展，谋创新就是谋未来。不创新就要落后，创新慢了也要落后。要激发调动全社会的创新激情，持续发力，加快形成以创新为主要引领和支撑的经济体系和发展模式。要积极营造有利于创新的政策环境和制度环境，对看准的、确需支持的，政府可以采取一些合理的、差别化的激励政策。”

★ **2016年5月**，习近平总书记在全国科技创新大会、两院院士大会、中国科协第九次全国代表大会上强调：“科技创新是核心，抓住了科技创新就抓住了牵动我国发展全局的牛鼻子。”

★ **2017年10月**，习近平总书记在党的十九大报告中提出，从2020年到2035年，在全面建成小康社会的基础上，再奋斗15年，基本实现社会主义现代化。到那时，我国经济实力、科技实力将大幅跃升，跻身创新型国家前列。加快建设创新型国家。创新是引领发展的第一动力，是建设现代化经济体系的战略支撑。

★ **2018年5月**，习近平总书记在中国科学院第十九次院士大会、中国工程院第十四次院士大会上强调："要瞄准世界科技前沿，抓住大趋势，下好'先手棋'，打好基础、储备长远，甘于坐冷板凳，勇于做栽树人、挖井人，实现前瞻性基础研究、引领性原创成果重大突破，夯实世界科技强国建设的根基。"

★ **2020年9月**，习近平总书记在湖南山河智能装备股份有限公司考察时强调，关键核心技术必须牢牢掌握在我们自己手中，制造业也一定要抓在我们自己手里。

★ **2020年9月**，习近平总书记在科学家座谈会上强调："现在，我国经济社会发展和民生改善比过去任何时候都更加需要科学技术解决方案，都更加需要增强创新这个第一动力。同时，在激烈的国际竞争面前，在单边主义、保护主义上升的大背景下，我们必须走出适合国情的创新路子，特别是要把原始创新能力提升摆在更加突出的位置，努力实现更多'从0到1'的突破。"

★ **2021年3月**，习近平总书记在《求是》杂志发表的重要文章《努力成为世界主要科学中心和创新高地》强调，科学技术从来没有像今天这样深刻影响着国家前途命运，从来没有像今天这样深刻影响着人民生活福祉。中国要强盛、要复兴，就一定要大力发展科学技术，努力成为世界主要科学中心和创新高地。我国广大科技工作者要把握大势、抢占先机，直面问题、迎难而上，瞄准世界科技前沿，引领科技发展方向，肩负起历史赋予的重任，勇做新时代科技创新的排头兵。

★ **2022年10月**，习近平总书记在党的二十大报告中强调："坚持创新在我国现代化建设全局中的核心地位。"

“苟日新，日日新，又日新”是商汤王刻在澡盆上的铭文，意思是不能因循守旧、不能满足现状、不能不思进取，更不能坐享其成。创新就是这样不断进步、不断突破。北宋王安石曾言：“天变不足畏，祖宗不足法，人言不足恤。”道出了做学问须有这股浩然之气，方能成就大业。

马克思认为，技术创新活动是人类最基本、最原始的社会实践活动。创新对于人类社会起着巨大的推动作用。现在是一个全球化时代，也有人觉得过度地强调“卡脖子”，过度地宣扬绝对自主，不利于我国国际合作与全球化进程。

对此，法国知名作家、时政评论家、记者马克西姆·维瓦斯指出，在技术上，中国需要西方，西方也需要中国。法国人罗兰·莫雷诺于1974年发明了智能卡，可以用在取钱等生活场景。智能卡实实在在地改变了人类的生活，并在中国得到广泛运用。在美国硅谷从事科学研究的有来自中国的面孔。可以说，中国和西方是密不可分的整体。就中国的科技发展而言，维瓦斯认为，中国有着美丽的自然环境和安全的生活环境，可以吸引全球的人才。中国具有竞争力很强的大学，并在航天、大飞机、高铁等领域取得了巨大的科技进步，在这一基础上，中国接下来就要考虑如何改善和其他国家的关系，因为生意场上没有永远的朋友，只有合作伙伴和竞争对手。恢复和改善与世界上其他国家，尤其是西方国家的关系的唯一办法就是成为不可或缺的合作伙伴，中国在某些方面已经做到了。他说：“我梦想着一个中国式硅谷，也许它本来就存在，但学者对此知之甚少，不知道你们是否注意到，在每年诺贝尔奖的名单中，美国诺贝尔奖得主并不是地道的美国人，而是从世界各地去往美国硅谷的学者。在中国生活，可以拥有在美国所没有的安全感，我认为在这点上，中国很快就会吸引更多来自世界各地的人才。”

自主创新是开放环境下的创新，绝不能关起门来搞，而是要聚四海之气、借八方之力。正如习近平总书记2020年在科学家座谈会上强调的，越是面临封锁打压，越不能搞自我封闭、自我隔绝，而是要实施更加开放包容、互惠共享的国际科技合作战略，因为人类终究是一个命运共同体。我们的未来，应该是一个开放共赢的未来。

“欲穷千里目，更上一层楼。”要实现“两个一百年”的奋斗目标，实现中华民族伟大复兴的中国梦，就必须坚持走中国特色自主创新道路，下好科技创新“先手棋”。在这场“棋局”中，惟创新者进，惟创新者强，惟创新者胜。上下一心，矢志不渝，奋进的中国，未来可期！

源泉

丰民

无我

青绿

先手

大道

和合

本色

大道

本章访谈嘉宾为著名时事评论员邱震海，湖南省社科院院长、省政府发展研究中心主任钟君。

1842年，浙江定海，在一间古朴书房里，书桌上散落着《四洲志》《澳门月报》《粤东奏稿》《华事夷言》等书籍以及写着《海国图志》字样的纸张。昏黄烛光下，年近半百的魏源正站着写字。他刚写完“师夷长技以制夷”的“夷”字，仆人突然推门而入，一脸沮丧：“大人，签了。”

魏源挥舞的毛笔停顿在半空，抬头问道：“情形如何？”

仆人差点哭出来：“赔了银元2100万，香港也割给英吉利了。”

魏源一听，半晌没出声。他盯着桌上《海国图志》几个字，脑海中浮现了一系列书中的内容：冒着白气的蒸汽火车、载满乘客的蒸汽轮船、热热闹闹的纺纱厂房。想到这些，魏源将毛笔往地上一摔，拳头重重砸在书桌上。桌上的烛台被震翻，房间一片漆黑。

黑暗中，嘈杂的声音响起：“别急，别急，一个个来……”

原来，魏源穿越到了2022年在长沙举办的“中国式现代化成就展”的现场，他正排在一个体验VR的队列中。

排队的人太多，工作人员迅速帮助魏源戴上了VR头盔，催促他登上体验台，还一边嘟哝着："来看个展览还整个大辫子！学清朝人啊？来，让你开眼看中国。"

魏源还没来得及摘下头盔，已经被眼前的世界震住了："神舟十四号"飞船上天追逐星辰大海、中国第3艘航母正在下水驶向深蓝、高铁在原野上飞驰、亚洲最大的智能制造生产基地（工程机械行业首个灯塔工厂）三一重工的18号厂房里100余台智能机器人协同作业……

魏源取下VR头盔问道："此乃何物？"

工作人员几乎笑喷："您入戏太深了，这是5G+VR。"

魏源很惊愕："乌鸡煨啊？"

工作人员说："不是吃的乌鸡，是5G通信，咱中国的高科技！"

魏源试探性问道："这，可比得上英吉利？"

工作人员一蒙："您是说英国吧？5G技术我们全球领先呢。"

魏源抬头看了一眼大屏幕上的2022年，会心一笑："你们这是怎么做到的呢？"

中国走出了一条迥异于西方的现代化之路

【世界上既不存在定于一尊的现代化模式，也不存在放之四海而皆准的现代化标准。】

中国走向现代化的过程，是一代代人经过“行先知后”探出来的（孙中山《建国方略》语）、“雄关漫道”迈出来的（毛泽东《忆秦娥·娄山关》语）、“摸着石头过河”蹚出来的（邓小平语）、“敢于涉险滩”闯出来的（习近平语）。

如果魏源真能穿越到2022年的中国，他一定会自嘲道：“吾还念念不忘‘师夷长技’，不料今日之中国已踏平坎坷、自成大道。”

中国式现代化就是几代人接续奋斗，走出了一条迥异于西方的现代化之路。尤其是新时代这10年，中国在各个方面全面、协调发展，用事实证明现代化不等于西方化。用习近平总书记的话说：“中国式现代化开创了人类文明新形态。”

那中国究竟是怎么做到的？要回答这个问题，得先搞清楚什么是现代化。伴随着科技文明的发展，现代化是现代发生的社会和文化变迁的现象。世界各国的发展其实都是在不同程度地推动现代化的过程，我们一般将之分为两个阶段。第一次现代化是农业文明向工业文明的变迁；第二次现代化通常指工业文明向知识文明的跃迁。现代化和文明是一体两面，现代化是通向文明的道路，文明则是现代化的结果，因此现代化和文明

◆ 大道海报

是密切相关的，有什么样的现代化就有什么样的文明形态，所以我们说，中国式现代化开创了人类文明的新形态。

现代化的标准也随着时代的发展变化在不断地发生变化。2020年，中国科学院中国现代化研究中心发布了一份报告，对现代化进行了多维度的量化分析后得出结论：中国的第一次现代化在2018年已经完成，但是还不能说中国就是一个现代化国家，因为在第二次现代化的排名中，中国在131个国家中排名第47位，大概处于世界中等偏上的位置。

现代化是一个综合性的体系，工业化的程度、知识文明的程度完全可以进行量化对比。为此，我们可以列出超100个指标，比如这些关键数据。

11890，这个数字后面的单位是美元。2021年，中国人均国民收入为11890美元，在世界银行公布的人均GNI（国民总收入）排名中，我国人均GNI由2012年的第112位上升到2021年的第68位，提升了44位。

78.2，这个数字后面的单位是岁。2021年，中国人均预期寿命为78.2岁，对比现代化程度高的几个国家和地区，这一年美国人均预期寿命是76.1岁，日本男性人均预期寿命是81.47岁，欧盟人均预期寿命是80.1岁。现代化程度越高，生活水平、医疗水平都更高。但2020年以来，受新冠疫情影响，美国等发达国家人均预期寿命连续下降。

10.9，后面单位是年。2021年，中国的平均受教育年限是10.9年，与发达国家普遍在13年相比，还有一定的差距。

全部发达国家的人口总数加起来都没有中国的人口数量多，这些数据被巨大的人口基数平均，能做到如此亮丽是相当不容易的。尤其是新时代这10年，变化非常大。比如人均预期寿命，中国2012年是73.5岁，2021年达到78.2岁，跟欧盟的人均预期寿命80.1岁非常接近了。比如经济总量，2012—2021年，中国的GDP从53.9万亿元上升到了114.4万亿元，翻了超过一番。其中粤港澳大湾区年生产总值超过了10万亿元，2022年将超越东京湾区成为全球经济总量最大的湾区。高技术产业营收从9.95万亿元增长到了19.91万亿元，也翻了一番，其中国内发明专利数量达到了全球第一。

这说明中国的发展体量越来越大、质量越来越高，创新驱动力越来越强。知识、创新，这正是第二次现代化发展的核心要素。这些数据说明中国的现代化建设已经取得伟大成就，但是什么时候能完成这次现代化呢？党的十九大报告明确提出，我们的目标是要在2035年基本实现社会主义现代化，到本世纪中叶全面建成富强民主文明和谐美丽的社会主义现代化强国。党的二十大报告进一步明确，从现在起，中国共产党的中心任务就是团结带领全国各族人民全面建成社会主义现代化强国、实现第二个百年奋斗目标，以中国式现代化全面推进中华民族伟大复兴。

中国式现代化是人口规模巨大的现代化

【我国14亿人口要整体迈入现代化社会，其规模超过现有发达国家的总和，将彻底改写现代化的世界版图，在人类历史上是一件有深远影响的大事。】

在讲到中国式现代化之前，我们先了解一下西方现代化的特征。西方在实现现代化的过程中，存在着几个悖论：第一，西方现代化是实现少数人的幸福，这种少数人的幸福是建立在多数人的痛苦之上的。第二，西方现代化的一个很重要的目的是实现物质财富的增长，这种物质财富的增长往往是以牺牲人的全面发展为代价。第三，西方现代化以掠夺的方式开发自然，导致了环保和发展的冲突、人与自然的对立，成本非常高。第四，虽说西方的现代化是一种文明的进程，大大推动了人类社会的发展，但是在文明的进程当中，往往伴生着压迫、奴役和剥削。

中国式现代化的第一个重要特征就是人口规模巨大。中国有14亿多人口，世界上实现现代化的国家和地区不超过30个、总人口也不超过10亿人。所以14亿多人口要整体迈入现代化社会，将彻底改写现代化的世界版图，这在人类历史上将是一件有深远影响的大事，也实现了毛泽东同志所说的“中国应当对于人类有较大的贡献”[1]。

有人说，要让14亿多人口都富起来，负担重；也有人说，我们有14亿多人口，人多力量大。人口规模巨大，到底是坏事还是好事？

工业现代化之后，尤其是智能化、信息化时代的到来，会让劳动力变得不那么重要，人多可能变成了负担，会消耗更多的资源。但是人多市场大，消费能力强，这又是经济发展的动力。这是辩证的，不是说谁人多谁就更容易实现现代化。改革开放前，中国和印度的人均GDP基本持平，但是当中国探索出自己的现代化之路后，2017年人均GDP达到了印度的4.35倍。历史上中国人口规模就巨大，也有现代化的梦想，但是没有一个强有力的领导核心，根本没法实现。2020年，习近平总书记在广东考察，来到汕头开埠文化陈列馆，他在孙中山《建国方

[1] 《毛泽东文集》第7卷，人民出版社1999年版，第157页。

略》的规划图前停下来凝视，感慨地说了一句话："只有我们中国共产党人实现了。"

中国式现代化是全体人民共同富裕的现代化

【共同富裕是社会主义的本质要求，是中国式现代化的重要特征。】

中国式现代化第二个重要特征，就是不但人多，还要实现全体人民的共同富裕。习近平总书记指出："现代化的本质是人的现代化。"[1]这跟马克思主义追求人的全面自由发展一脉相承。前文提到，西方的现代化追求的是少数人的幸福，伴生的就是两极分化，因此有西方学者认为两极分化是现代化的必要代价。这其实是西方意识形态制造的障眼法，两极分化只是在西方体制下难以避免。

到目前为止，人类尝试了各种经济体制，必须承认的是，市场经济体制是唯一能够在短期内让财富急剧增加的体制。改革开放之后，我国实行社会主义市场经济，如果不是改革开放，我国不可能在最近40多年实现快速发展。《论语》有云："不患寡而患不均。"财富不增长是烦恼，财富增长了以后分而

[1] 《习近平关于社会主义经济建设论述摘编》，中央文献出版社2017年版，第164页。

不均也是烦恼，甚至是更大的烦恼。市场经济可以解决财富增长的问题，但没有办法解决好后半段即分而不均的问题。

这些年，西方的贫富不均已经到达非常剧烈的程度，根据美联储统计数据，截至2021年6月，中产阶级的财富在美国财富总量中的占比已经跌至26.6%，创下过去30年来的新低。占美国总人口1%的“超级富人”的财富占美国财富总量的27%，首次超过整个中产阶级。在过去30年中，美国财富总量的10%已转移到收入最高的20%的人手中，这些人现在拥有美国总收入的70%。所以美国有一个1%和99%的现象，即1%的人口占据着社会99%的财富。

后半段的分而不均只有社会主义体制能够解决，因为市场经济是一种资源配置的方式，它解决不了公平的问题。当然西方也讲公平正义，只是这种公平正义是有区别的。曾经有一幅漫画很形象地描摹出了这种区别：三个不同身高的人隔着一堵墙观看比赛，每个人脚下都垫了一个箱子，但其实高个子不用垫箱子也能看见赛场，矮个子垫了箱子也看不到。可西方人认为，这就是正义。为什么？因为每个人都平等地拥有一个箱子。这实际上就是西方政治哲学里面所推崇的形式正义、规则正义，也就是起点的公平，每个人都一样。但同样的还有另一幅漫画：高个子没有箱子，矮个子有两个箱子，虽然箱子的数量不一样，但他们都能看见了，这就是实质公平、结果公平，是我们社会主义的公平观。

为什么社会主义体制能够解决后半段分而不均的问题？因

为在生产资料私有制的背景下，是不可能做到实质公平的，想让1%的人把他们99%的财富拿出来是不可能的。为了调和这个社会矛盾，做出一种姿态，资本主义更多地强调形式正义、程序正义、规则正义。真正的实质正义只有社会主义能够做到，只有在公有制基础上才能够做到。

在现代化问题上西方有严重的盲点，他们觉得市场经济也好，全球化也好，或者科技革命所推动的物质财富的增长也罢，都尽量不靠国家力量的介入，而是让市场本身发挥力量，也就是亚当·斯密所说的“看不见的手”，以及西方强调的新自由主义。

政府要管吗？有一个很形象的例子：张三是游泳健将，李四不会游泳，我们给张三和李四各发一个游泳圈，让他们去横渡长江，会产生什么结果？张三不用游泳圈也能游过去，李四拿100个游泳圈也游不过去。两个人站在同一个起跑线上，这就是所谓的“规则公平”。如果只考虑规则公平，最终只会是所有的荣誉都归于张三，所有的愤懑都归于李四。如果比赛就是财富的积累，就是所有的财富都归张三，所有的贫穷都归于李四，贫富差距就产生了。这就是政府没有介入的后果。如果政府介入，就不会是这样的游戏规则。

中国改革开放时，大家都很穷，所以让一部分人先富起来。当中国的物质财富已经到了相对比较高的地步，如果再继续强调让一部分人富起来，那就等于是重蹈西方的覆辙，所以我们提出共同富裕，这是社会主义现代化的一个重要目标。

新时代这10年，中国消除绝对贫困、实现全面小康、推动乡村振兴等，在共同富裕的路上取得了许多历史性的成就。

跟着人民币去旅行，感受人民币地标的变化

50元： 西藏自治区拉萨市布达拉宫。西藏曾经是我国唯一的省级集中连片特困地区。现在，西藏农牧民的可支配收入增速超过了西藏城市居民，始终保持着两位数的增长。

20元： 广西壮族自治区桂林市阳朔县。27个少数民族共同参与旅游事业，实现了多民族共同发展。

10元： 重庆市奉节县夔门。曾经山高水急的闭塞之地如今变成了网红打卡地。

5元： 山东省泰安市。当地有19个村抱团发展，2021年平均收入比4年前提高了12倍。

1元： 浙江省杭州市西湖的“三潭映月”。2021年，浙江省成为我国首个共同富裕示范区。

2021年中国共产党成立100周年时，我国全面建成小康社会，开启了全面建设社会主义现代化国家的新征程。

中国式现代化是物质文明和精神文明相协调的现代化

【只有物质文明建设和精神文明建设都搞好，国家物质力量和精神力量都增强，全国各族人民物质生活和精神生活都改善，中国特色社会主义事业才能顺利向前推进。】

中国式现代化的第三个重要特征是物质文明和精神文明相协调。这个很好理解。习近平总书记曾形象地打过一个比方："当高楼大厦在我国大地上遍地林立时，中华民族精神的大厦也应该巍然耸立。"[1]

如果物质文明空前繁荣，给精神世界带来的却是拜金主义、享乐主义、自私自利，甚至人性的泯灭，那这样的现代化，可以说是文明的倒退。像马克思说的，一旦有适当的利润，资本就胆大起来。如果有10%的利润，它就保证到处被使用；有20%的利润，它就活跃起来；有50%的利润，它就铤而走险；为了100%的利润，它就敢践踏一切人间法律；有300%的利润，它就敢犯任何罪行，甚至冒绞首的危险。如果动乱和纷争能带来利润，它就会鼓励动乱和纷争。

在人的发展过程中，不仅需要物质的东西，还需要精神的

[1] 习近平:《在文艺工作座谈会上的讲话》，人民出版社2015年版，第6页。

东西。人的心灵、人的精神需要一个安放之处。中国传统文化特别强调精神世界的建设，就是“反求诸己，自尽我心”。所以中国传统文化的心学非常发达，比如《尚书·大禹谟》中的“十六字心传”，内容是“人心惟危，道心惟微；惟精惟一，允执厥中”。儒家认为，这是尧舜以来所传的圣人心法。人心是一个非常重要的存在，它有欲望，也是危险的。道心是可以规范约束人的欲望的，但它很微小，所以我们需要把人心和道心合二为一，然后允执厥中。中国传统文化非常注意精神世界的建设，在我们的社会主义文化中，也特别强调精神的作用。习近平总书记强调：“理想信念就是共产党人精神上的‘钙’，没有理想信念，理想信念不坚定，精神上就会‘缺钙’，就会得‘软骨病’。”[1]

我们说“两手抓，两手都要硬”，就是要一手抓物质文明，一手抓精神文明。物质文明为精神文明提供了物质基础，精神文明为物质文明提供了智力支持、思想保证、精神动力。没有精神文明的发展，没有精神世界的充盈和发达，就不可能有真正的现代化。

[1] 《习近平谈治国理政》第1卷，外文出版社2018年版，第15页。

中国式现代化是人与自然和谐共生的现代化

【我国现代化注重同步推进物质文明建设和生态文明建设，走生产发展、生活富裕、生态良好的文明发展道路。】

中国式现代化第四个重要特征：人与自然和谐共生。

湖南省牢记习近平总书记“守护好一江碧水”的殷殷嘱托，近年来致力于生态文明建设，取得了丰硕的成果。如果跟着水滴去旅行，你会看到一个绿意盎然的生态湖南。

这滴水从永州蓝山县湘江源的树叶上滴下，落到湘潭荷塘村的一片荷叶上，又从荷叶滚入到水中，顺着湘江，汇入洞庭湖。

它在洞庭湖中见到江豚腾跃而出，见到白鹭翱翔、麋鹿嬉戏。它不知道的是，美景的背后是环境的日益向好——2020年，湘江流域和洞庭湖生态保护修复工程新增林地23060亩、草地8505亩，湿地修复225974亩。

自从2018年，习近平总书记来到洞庭湖，提出“守护好一江碧水”后，洞庭湖发生着越来越多的变化，黑杨砍了、矮围拆了，每年都会有二十几万只候鸟来这里过冬。

习近平总书记考察时见到的麋鹿，已经从2018年的182头，增加到2021年的200余头。

见过了被习近平总书记夸赞“漂亮又健壮”的麋鹿，小水滴的旅行继续，随着太阳的照射，它蒸腾而起，跃入云层，飘散到了桃源竹林、湘西梯田、高山风车……最终化为雨滴，降落在了张家界的树林里。

2020年，湖南全省森林覆盖率达到59.96%，湿地保护率达到75.77%。大鲵、猕猴，还有灵猫、白颈长尾雉的活动范围更广了。

一滴水的旅行，走过绿色湖南的发展足迹。

生态环境问题是工业化进程中不可避免的问题之一，资本主义的现代化走在前面，对地球生态的破坏也走在前面。在世界工业化进程中，每10吨二氧化碳中就有7吨是发达国家排放的。而现在，它们又转过头来以“环保”为名限制发展中国家的发展权。正如2021年联合国气候变化大会上印度学者维贾伊·普拉沙德的发言：“美国人口只占世界4%—5%，但使用着世界上25%的资源。美国将制造业转移给中国，然后说中国碳污染。”显然，中国没有走西方现代化先发展再治理的模式，而是践行“绿水青山就是金山银山”的理念。习近平总书记宣布中国将力争在2030年前实现“碳达峰”，努力争取在2060年前实现“碳中和”。

西方式的现代化进程中与环境的关系问题，马克思主义已经从理论上阐明，即追求剩余价值的最大化，通过市场的短期行为获取超额的利润，这是生态危机的根源。

马克思指出：“在私有财产和金钱的统治下形成的自然观，

是对自然界的真正的蔑视和实际的贬低。”[1]在资本的眼里，自然界只是其予取予夺的对象，只是钱袋子和取款机，而环境问题就是其对于自然界的这种蔑视所受到的惩罚。怎么解决这个问题？绝对不是从自然本身找原因，而是从社会制度找原因。只有找到了社会制度的根源，才能真正解决人与自然的矛盾和危机。

中国式现代化背后是强大的社会主义制度，追求的是与自然的和谐共生。

中国式现代化是走和平发展道路的现代化

【我国现代化强调同世界各国互利共赢，推动构建人类命运共同体，努力为人类和平与发展作出贡献。】

中国式现代化第五个重要特征是走和平发展道路的现代化。

前文提到，西方在现代化的过程当中有一个非常重要的悖论，就是文明在发展的过程中和奴役、压迫、剥削联系在一起。人类工业现代化的开端由两次工业革命开始，因此某些西方国家的工业异军突起，也促进了国防军事现代化。一方面生产力大幅提高，需要寻找更大的市场，另一方面拥有了先进的

[1] 《马克思恩格斯文集》第1卷，人民出版社2009年版，第52页。

武器，由此便掀起了掠夺的战争。西方发达国家的现代化怎么来的？它们是通过掠夺弱小国家或者发战争财完成了资本的原始积累。马克思就曾深刻地揭示过所谓西方世界崛起的历史真相，他指出："征服、奴役、劫掠、杀戮，总之，暴力起着巨大的作用。"[1]

习近平总书记在庆祝中国共产党成立100周年大会上发表的重要讲话中指出："和平、和睦、和谐是中华民族5000多年来一直追求和传承的理念，中华民族的血液中没有侵略他人、称王称霸的基因。中国共产党关注人类前途命运，同世界上一切进步力量携手前进，中国始终是世界和平的建设者、全球发展的贡献者、国际秩序的维护者！"[2]

中国是唯一把"坚持和平发展道路"写入宪法的国家，也是五个核武器国家中唯一承诺不首先使用核武器的国家。中国走的是和平发展的道路。在构建人类命运共同体的理念之下，中国送出去的从来不会是坚船利炮。

环顾四周，战争离我们并不遥远，第二次世界大战距离我们不到100年，冷战结束距离我们只有30年，俄乌冲突就发生在眼前，佩洛西在台湾问题上兴风作浪，美国的航母在我们家门口耀武扬威。和平是世界人民的共同追求，战争成为一些国

---

[1] 《马克思恩格斯选集》第2卷，人民出版社1995年版，第260页。
[2] 《习近平谈治国理政》第4卷，外文出版社2022年版，第11页。

家夺取霸权、一些政客捞取利益的工具。美国前总统卡特曾经对特朗普说："为什么中国要超越美国了？因为中国一直致力于发展。"但美国在建国240多年的历史中，只有16年没有打仗。有人曾总结，在美国国际交往逻辑里存在一个"60%定律"：当另一个国家经济规模达到美国的60%，并保持强劲增长势头之时，美国就会将其定位为对手，进而千方百计地遏制其发展。不管是苏联、日本，还是现在的中国，概莫能外。

习近平主席曾在联合国日内瓦总部演讲中响亮提出："让和平的薪火代代相传，让发展的动力源源不断，让文明的光芒熠熠生辉，是各国人民的期待，也是我们这一代政治家应有的担当。"[1] 中国式现代化也必将因和平发展而为历史所铭记。

中国式现代化具有"并联式"特征

【我国现代化同西方发达国家有很大不同。】

中国式现代化既是立足于自身，也是对西方现代化道路的有力回应。那么，中国式现代化又是如何走出一条迥异于西方的大道的呢？

---

[1] 《习近平主席在出席世界经济论坛2017年年会和访问联合国日内瓦总部时的演讲》，人民出版社2017年版，第21—22页。

如果将中国的现代化和西方现代化相比，就像一场跑步比赛，中国在起跑线就差了半圈。西方工业革命进行得早，两次世界大战后，有些国家又从全球掠夺了大量的财富。而新中国则是从一穷二白开始的现代化建设。但是，逆袭才是最燃的剧本。

我国1956年率先提出了农业现代化的发展目标。此后又提出了“四个现代化”，包括农业、工业、科学技术以及国防现代化。由于底子太差，我国的工业体系和国民经济体系是需要一个个五年计划慢慢积累建立起来的。由于缺乏经验，中间还走过弯路。直到改革开放，我国现代化进程才大大提速。

进入新时代，虽然我国现代化速度有所放缓，但后劲很足。别看资本主义有先发优势，但是它避免不了周期性的经济危机，而且有些国家还经常“犯规”。比如美国，一方面大搞逆全球化，另一方面又总想薅全世界的羊毛。而中国则是踏踏实实做自己的事，“三步走”战略、“两个一百年”目标，一个个五年计划扎扎实实地去推进。西方国家的很多政策都是为了讨好当下的选票，根本没有这种韧性。明白了这些区别，你就明白了为什么西方让10亿人实现现代化用了200多年，中国用几十年就做到了。

好戏还在后头。不过也有人说，这是因为中国具有后发优势，因为很多科学技术经过了西方漫长的验证，中国就少走了很多弯路。显然不是这样的。在基础工业领域，我国可能有部分后发优势，但这一定不是主要原因，毕竟，西方在科学技术上一直对我国盯防得很死。要解释这个问题，习近平总书记曾经给出过一个视角，他说我国的现代化和西方发达国家有着“并联式”与“串联式”的不同。西方发达国家是按照工业化、城镇化、农业现代化、信息化顺序的“串联式”发展，而中国要后来居上，就必然是工业化、信息化、城镇化、农业现代化叠加的“并联式”发展。客观的国情不同决定了中国不能按照串联式顺序发展，在自己特定的历史任务面前，中国必须得走自己的道路。这才是真正的后发制人。

坚持以中国式现代化推进中华民族伟大复兴

【我们推进的现代化，是中国共产党领导的社会主义现代化，必须坚持以中国式现代化推进中华民族伟大复兴，既不走封闭僵化的老路，也不走改旗易帜的邪路，坚持把国家和民族发展放在自己力量的基点上、把中国发展进步的命运牢牢掌握在自己手中。】

新时代这10年，我国成功推进和拓展了中国式现代化，拓展了人们的知识边界。很多新思想、新概念、新词汇，可能大家以前都没见过。比如，“中国式现代化”“人类文明新形态”“五位一体”“新常态”“供给侧结构性改革”“统一大市场”“新发展理念”“国家治理体系和治理能力现代化”“全过程人民民主”“精准扶贫”“全面小康”“自我革命”“人民对美好生活的向往就是我们的奋斗目标”“全面建设社会主义现

◆ 上海市长宁区虹桥街道古北市民中心

代化强国”“全面从严治党”“全面深化改革”“全面依法治国”等。这些词汇都是治国理政的智慧结晶。比如新时代的中国经济面对什么样的发展环境？应该如何发展？习近平总书记就先后做出了两个重要判断：一是中国经济进入“新常态”，二是社会主要矛盾已经发生了变化，转为人民对美好生活的需要同不平衡不充分的发展之间的矛盾。这两个判断传递出一个信号，那就是过去简单依赖资源、资金投入的粗放型发展模式已经行不通了，中国亟需转变发展方式和分配方式。而供给侧结构性改革、“创新、协调、绿色、开放、共享”的新发展理念就是应对之策。

上海市长宁区虹桥街道古北市民中心有一幅画，画的是“虹桥”，彩虹的一头连着虹桥街道，另一头通向最高立法机关。习近平总书记也是在这里首次提出“人民民主是一种全过程的民主”。2021年3月修订的《中华人民共和国全国人民代表大会组织法》与《中华人民共和国全国人民代表大会议事规则》中，“全过程民主”被明确写入这“一法一规则”。2021年7月1日，在庆祝中国共产党成立100周年大会上的重要讲话中，习近平总书记又特别提出要“践行以人民为中心的发展思想，发展全过程人民民主”，在其中加入了“人民”二字。

邓小平同志说：“没有民主就没有社会主义，就没有社会主义的现代化。”[1]足可见民主对中国现代化道路的重要性。中国式现代化包括了经济建设、政治建设、文化建设、社会建设、生态文明建设的现代化，而全过程人民民主就代表了新时代中国政治建设的现代化。

马克思曾说过，政治这种特殊的权力将来是要回归到社会的。但是在西方现代化的进程当中不可能做到这一点，因为西方的政治不是人民的政治，是垄断利益集团之间为了分配垄断利益而进行的一种政治博弈。在中国，中国共产党是中国人民和中华民族的先锋队，是真正能够做到通过自我革命的方式，解决权力相互监督的问题的，是真正能够做到向内自我净化，带领人民实现全过程人民民主的。

怎样治理社会主义社会这个全新的社会形态？这个问题在

[1] 《邓小平文选》第2卷，人民出版社1994年版，第168页。

以往的社会主义实践中没有得到很好的回答。马克思、恩格斯没有建立社会主义国家的实践，列宁在俄国十月革命后就去世了，没能真正地探索这个问题，苏联在探索的过程中取得了一些经验，但也犯下了严重的错误。因此，国家治理体系和治理能力现代化是继1954年我国提出“四个现代化”后新的超越，也是新时代的新命题。

新时代有新的使命，会遇见新的问题，需要提出新的应对方法。

习近平总书记关于中国式现代化重要论述的“思想的旅程”

★ **2013年3月**，习近平总书记在第十二届全国人民代表大会第一次会议上的讲话中强调：“实现中国梦必须走中国道路。这就是中国特色社会主义道路。这条道路来之不易，它是在改革开放30多年的伟大实践中走出来的，是在中华人民共和国成立60多年的持续探索中走出来的，是在对近代以来170多年中华民族发展历程的深刻总结中走出来的，是在对中华民族5000多年悠久文明的传承中走出来的，具有深厚的历史渊源和广泛的现实基础。中华民族是具有非凡创造力的民族，我们创造了伟大的中华文明，我们也能够继续拓展和走好适合中国国情的发展道路。全国各族人民一定要增强对中国特色社会主义的理论自信、道路自信、制度自信，坚定不移沿着正确的中国道路奋勇前进。”

★ **2016年7月**，习近平总书记在庆祝中国共产党成立95周年大会的讲话中强调：“改革必须坚持正确方向，既不走封闭僵化的老路、也不走改旗易帜的邪路。我们要把完善和发展中国特色社会主义制度、推进国家治理体系和治理能力现代化作为全面深化改革的总目标，勇于推进理论创新、实践创新、制度创新以及其他各方面创新，让制度更加成熟定型，让发展更有质量，让治理更有水平，让人民更有获得感。”

★ **2017 年 1 月**，习近平主席出席世界经济论坛 2017 年年会开幕式并发表主旨演讲强调，道路决定命运。中国的发展，关键在于中国人民在中国共产党领导下，走出了一条适合中国国情的发展道路。这是一条从本国国情出发确立的道路。

★ **2018 年 12 月**，习近平总书记在庆祝改革开放 40 周年大会上的讲话中强调，方向决定前途，道路决定命运。我们要把命运掌握在自己手中，就要有志不改、道不变的坚定。改革开放 40 年来，我们党全部理论和实践的主题是坚持和发展中国特色社会主义。在中国这样一个有着 5000 多年文明史、13 亿多人口的大国推进改革发展，没有可以奉为金科玉律的教科书，也没有可以对中国人民颐指气使的教师爷。中国特色社会主义道路是当代中国大踏步赶上时代、引领时代发展的康庄大道，必须毫不动摇走下去。

★ **2021 年 7 月**，习近平总书记在庆祝中国共产党成立 100 周年大会上的讲话中强调：“我们坚持和发展中国特色社会主义，推动物质文明、政治文明、精神文明、社会文明、生态文明协调发展，创造了中国式现代化新道路，创造了人类文明新形态。”

★ **2022年10月**，习近平总书记在党的二十大报告中指出：“在新中国成立特别是改革开放以来长期探索和实践基础上，经过十八大以来在理论和实践上的创新突破，我们党成功推进和拓展了中国式现代化。中国式现代化，是中国共产党领导的社会主义现代化，既有各国现代化的共同特征，更有基于自己国情的中国特色。”

走自己的路，是中国的必然选择。

作为人类文明新形态，中国式现代化确实是独特的存在。有人也可能会问，既然西方已经走出了一条现代化之路，那我们为什么不直接照抄呢？如果这样，那只能是“邯郸学步，失其故行”。

不可否认，要探索自己的道路可能会走弯路，也不可避免要走艰难的路，还要遭受西方的傲慢与偏见。马克思曾告诫我们：“任何的科学批评的意见我都是欢迎的。而对于我从来就不让步的所谓舆论的偏见，我仍然遵守伟大的佛罗伦萨人的格言：走你的路，让人们去说罢！”[1]

世界银行原首席经济学家、高级副行长尼古拉斯·斯特恩认为，中国式现代化的榜样意义、中国在国际社会中的积极作用极其重要。中国很有创造力和执行力，如果制定了一项能够兑现的政策，中国就能迅速采取行动。

总之，中国式现代化是中国共产党带领中国人民在持续探索中的独创性、原创性的成功创造，开创了人类文明的新形态。这是中国给全世界的礼物，打破了发展中国家对西方国家现代化的“路径依赖”，给那些既想加快发展又想保持自身独立性的国家和民族提供了全新选择。

世界上既不存在定于一尊的现代化模式，也不存在放之四

[1] 《马克思恩格斯文集》第5卷，人民出版社2009年版，第13页。

海而皆准的现代化标准。中国推进的现代化，是中国共产党领导的社会主义现代化。党的二十大对全面建成社会主义现代化强国“两步走”战略安排进行了宏观展望，重点部署，制定了未来5年的战略任务和重大举措。我们不妨畅想一下，当世界五分之一的人民实现了社会主义现代化，这种人类文明的新形态将带给世界怎样的惊喜。

源泉

丰民

无我

青绿

先手

大道

和合

本色

和 合

本章访谈嘉宾为著名时事评论员邱震海，湖南省社科院院长、省政府发展研究中心主任钟君。

公元前129年，出使西域的张骞及随从趁着匈奴人不备，逃出匈奴，继续向西寻找大月氏。他们一行人沙漠行走数日，因缺水少食晕倒。

醒来时，张骞发现自己身处异国的站台。列车长走过来问他的名字，得知他叫张骞后，很是诧异，并告诉他身旁停着的列车是中欧班列："千年之前，张骞出使西域，打通了贸易与人文交流的丝绸之路；千年之后，连接亚欧的中欧班列成了这条丝路上的'钢铁驼队'。"

张骞问："那为何停滞不前？"

列车长回答："俄乌冲突爆发了，我们的列车暂时过不去了。"

张骞叹道："今昔何年？天下还不太平？"

列车长看了一眼，满脸疑惑，顺手拿起一本杂志塞了过去，不愿再搭理这个穿着奇怪、满嘴古文的人。杂志封面上写着巨大的"2022"，旁边是小字"变乱的世界"。

张骞接过杂志翻开一看：在中东，童子军扛着比人还高的枪支在训练；在非洲，孩子们饿得皮包骨头似的；在斯里兰卡

◆ 张骞与列车长在中欧班列前交谈

首都，到处是排队加油的车和围攻总统府的市民……

张骞似乎明白了自己穿越到了千年之后，见列车长将要走远，赶紧追问一句："如何可回长安？"

列车长长叹一声："这个世界就没有安宁过，还想长安？"

张骞默然。

世界百年未有之大变局加速演进

【当前，世界百年未有之大变局加速演进，世界之变、时代之变、历史之变的特征更加明显。】

时代的发展，本应带来更美好的生活。然而，战火、暴乱频繁，民不聊生，世界何至于此？

在2022年7月召开的省部级主要领导干部“学习习近平总书记重要讲话精神，迎接党的二十大”专题研讨班上，习近平总书记深刻指出：“世界百年未有之大变局加速演进，世界之变、时代之变、历史之变的特征更加明显。”[1]什么是百年未有之大变局？

这场变局不限于一时一事，也不限于一国一域，而是深刻而宏阔的时代之变。我们可以从三点来理解：从时间来看，百年这一概念的内涵是开放的，并不局限于某个具体的时间节点；从本质来看，大变局就是国际力量的分化组合和国际格局的演变；从动因来看，大变局的关键变量在于中华民族的伟大复兴。以中国为代表的新兴市场国家和发展中国家群体性崛起，从根本上改变了国际力量对比。

国际政要和西方媒体对这一概念有自己的描述。2019年，

[1] 《高举中国特色社会主义伟大旗帜 奋力谱写全面建设社会主义现代化国家崭新篇章》，《人民日报》2022年7月28日。

法国总统马克龙宣称“启蒙运动以来的西方霸权行将终结”。2022年，西方媒体流行一个热词，叫“乌卡时代”，它指的是波动、不确定、复杂、模糊的国际环境。尽管侧重点不同，但有一点共识就是西方主导的格局正在被东西方平衡的格局取代，也就是我们所说的“东升西降”。

百年未有之大变局下，世界也正发生多方面的变化。第一，国际秩序正在经历深刻变革。美国的单极霸权时代正在走向崩塌，许多盟友开始产生离心倾向。比如，土耳其在叙利亚危机和俄乌冲突中经常表现出与美国相左的独立意志，美国明显感觉队伍不好带了。欧洲也在加速分裂，从英国脱欧到北约东扩导致的多国角力，使得如今的欧洲乱成了一锅粥。

第二，全球发展进程遭受严重冲击。南北差距扩大、复苏分化、发展断层、技术鸿沟等问题非常突出。人类发展指数30年来首次出现了下降，世界新增了1亿多的贫困人口，近8亿人生活在饥饿之中。粮食安全、教育、就业、医药卫生等民生领域，面临着很多问题，特别是面对新冠疫情，一些发展中国家因疫返贫，因疫生乱，发达国家也有很多人陷入了生活的困境。

第三，能源危机愈演愈烈。2022年8月俄罗斯声称又有一台涡轮机报损，将天然气输出压缩到了20%，很多欧洲国家的民众这个冬天可能不太好过。有些国家寄希望于沙特提高产能，但是在能源价格高企的情况下，人家少生产能赚更多的钱，凭什么要提高产能？

第四，极端天气频繁出现。近年来，极端天气明显增多，厄尔尼诺现象、拉尼娜现象经常引起暴风、洪涝、干旱，导致灾害不断。2022年特别热，这一点大家都感受到了。科学家通过卫星监测发现，自1985年以来，格陵兰岛上的大型冰川平均后退了约3公里。有专家表示，如果地球持续变暖，格陵兰岛冰川全部融化，地球海平面将上升7米。如果这样，很多岛屿、滨海城市都将被淹没。

此外，传染性疾病、网络攻击、跨国犯罪、人口激增、环境污染等全球非传统安全问题层出不穷，给世界的发展带来了严峻的挑战。

为什么会发生这些危机？说到底，是因为一些国家只追求自己的利益。资产阶级意识形态的核心就是利己主义。就以俄罗斯和乌克兰冲突来说，它的背后是美国主导的北约将俄罗斯逼到墙角而引发的矛盾。其他诸如气候变化与环境污染脱不了关系。日本决定在2023年春天把核废水直接排向大海，作为邻国，中国、韩国和朝鲜该不该担忧？在发展中国家的发展困境里，我们也可以看到美国等西方国家大搞单边主义、霸权主义的影子。“逆全球化”思潮、脱钩、对抗，一些发达国家为了自身利益，不管不顾别国乃至世界的利益，最终导致了这些危机的发生。

从马克思主义历史观视角来看，答案会更加清晰。在历史发展的过程当中，各个国家和地区的发展非常不均衡，有的国家可能进入了资本主义的社会形态，有的国家还是封建社会，有的甚至在更原始的状态。所以在同一个历史时代当中，不同的国家可能面临着不同的社会形态，而这个时代的性质是由占主导地位的社会形态决定的。世界上有资本主义国家，也有社会主义国家，但是大多数的是资本主义国家，所以资本主义国家和社会主义国家之间的矛盾，是两种制度、两条道路之间的结构性矛盾，今天世界上存在的很多危机，尽管跟某些资本主义国家有关系，但是背后更深层次的，是两种道路、两种制度之间的结构性矛盾。

危机其实不是今天才有，而是积弊已久。世界怎么了？我们怎么办？世界之间期待着中国的回答。我们需要回到2012年，看看当时的世界。

2012年的国际局势

2012年2月，因驻阿富汗美军基地发生焚烧《古兰经》事件，多个城市爆发抗议活动，造成200多人死伤，4名美军士兵身亡。

2012年5月，因西方推行“颜色革命”导致叙利亚内战，引发叙利亚大屠杀。

2012年6—7月，美国高温导致至少74人死亡，热浪在威斯康星州和伊利诺伊州造成高速公路路面严重变形，马里兰州铁路轨道扭曲，飞机跑道甚至被热到熔化。

2012年11月，欧债危机爆发，希腊濒临破产，世界经济前途未卜。

武装冲突、“颜色革命”、经济危机、极端天气……环游2012年的地球，很是让人揪心。

中国一直以来都强调和平发展，一直奉行多边主义，一直都是维护世界和平稳定的重要压舱石。和平本身就是中国传统文化骨子里的基因，中国在历史上就从来没有侵略过别的国家，今天的中国依然如此。但是，在国际变局加速演化的情况下，光是守护和平是不够的，我们还需要积极参与全球治理，为建设一个更美好的世界贡献中国智慧、中国方案。

人类命运共同体为世界之治贡献中国方案

【人类是一个整体，地球是一个家园。任何人、任何国家都无法独善其身。人类应该和衷共济、和合共生，朝着构建人类命运共同体方向不断迈进，共同创造更加美好未来。】

正是上述的大背景下，2012年党的十八大报告首次提出了人类命运共同体理念。人类命运共同体，顾名思义，就是每个民族、每个国家的前途命运都紧紧联系在一起，休戚与共。打个比方，当我们遇到疫情、灾难的时候，哪个国家可以置身事外？出现问题时，与其互相争吵，还不如共同面对，因为最终每个人、每个国家面临的问题，都是人类共同的问题。我们要同舟共济，你可以有你的解决方案，我可以有我的解决方案，我们的解决方案也许可以互相兼容。

在党的十九大报告中，习近平总书记用5个词语阐释了人类命运共同体下的理想世界：持久和平、普遍安全、共同繁荣、开放包容、清洁美丽。这是一种价值观，是中国在把握世界发展潮流、人类命运走向上展现出来的一种深邃智慧。

人类共同拥有一个地球，如果从宇宙的视野来看，那地球人就应该是一家人。关于人类命运共同体，习近平总书记有过一个形象的比喻，他说“世界各国乘坐在一条命运与共的大船上，要穿越惊涛骇浪、驶向光明未来，必须同舟共济，企图把谁扔下大海都是不可接受的”[1]。

那接下来我们“同舟共济”，来认识这个解决“世界之治”的中国方案。

2021年8月，美军撤离阿富汗，塔利班进入喀布尔，宣告着美国在阿富汗长达20年的“维和”彻底失败。美国哈佛大学国际关系学教授斯蒂芬·沃尔特说：“美国改造阿富汗的尝试，让美国成为占领者”。

美国在阿富汗驻军20年，累计有3万多名平民丧生，约

[1] 习近平：《携手迎接挑战　合作开创未来——在博鳌亚洲论坛2022年年会开幕式上的主旨演讲》，人民出版社2022年版，第5—6页。

1100万人沦为难民。美军撤离阿富汗后，美国还冻结了阿富汗中央银行90多亿美元的海外资产，以致350万阿富汗人民流离失所。

对此，人类命运共同体理念是如何看的呢？要坚持对话协商，建立一个持久和平的世界。习近平总书记深刻指出："一国的事情由本国人民做主，国际上的事情由各国商量着办。"[1]这才是国与国交往应该有的态度。反观美国，俄乌冲突爆发后，冻结俄罗斯的海外资产，拉拢盟国制裁俄罗斯商品，甚至连俄罗斯的猫都不放过，有过协商吗？美国动辄举起大棒制裁这个制裁那个，有过协商吗？没有，美国已经习惯了霸权主义。

阿富汗是一个苦难深重的地方，历史上，英国曾3次入侵阿富汗，后来苏联在阿富汗打了10年仗，再后来美国人又来了，到处扔炸弹。而中国帮他们重修了阿富汗帕尔旺水利工程。阿富汗帕尔旺省省长阿曼·阿明尼曾经说过一句话："只有中国人来了，我们知道，中国人将给我们带来繁荣与发展，生命之水要流动起来了。"中国在阿富汗奉行的就是相互尊重和平等互利。为了帮助饱受战争之苦的阿富汗人民解决温饱问题，2021年11月，中国开通专机运输阿富汗松子并在央视直播带货，45吨松子被抢购一空，为阿富汗带来了外汇收入，缓解了

[1]《习近平谈治国理政》第1卷，外文出版社2018年版，第324页。

部分农民的生计难题。上述举措有助于阿富汗人民走出战争泥泞，过上美好幸福的生活。在此之前，中国政府已向阿富汗提供了2.5亿元的紧急援助。

2022年3月，中国牵头主办了第三次阿富汗邻国外长会，推动所有邻国支持阿富汗重建，例如尊重阿富汗独立、主权和领土完整，向阿富汗提供人道援助，呼吁各方同阿富汗开展接触和对话，敦促美西方尽快归还阿富汗人民的财产等，不少项目都已经在落实之中。这种对话协商，才有可能帮助阿富汗实现持久和平。

我们再来看欧洲。

北溪天然气管道项目是一个连接俄罗斯与欧洲的特大能源合作项目，1号、2号两条线路分别建成于2011年和2021年。“北溪”管道从俄罗斯维堡起步，穿越波罗的海到达德国格赖夫斯瓦尔德。2011年11月8日，“北溪－1”天然气管道落成，由此开启了俄欧能源合作新的里程碑。2017年，德国从俄进口530亿立方米天然气，占德国天然气消费总量的40%。

2014年乌克兰危机特别是2022年2月俄乌冲突爆发后，俄欧关系急转直下，能源成为双方博弈焦点。8月31日，俄罗斯以维修为由停止通过“北溪－1”天然气管道向德国供气，为期3天。9月2日，俄天然气工业股份公司称，由于多处设备故障致涡轮机无法正常运行，“北溪－1”天然气管道将完全无限

◆ 嘉宾接受主持人采访

期停止供气，直至故障排除。

与“北溪－1”天然气管道顺利运营10年相比，“北溪－2”天然气管道命运多舛：不仅铺设过程一波三折，建成后甚至连1立方米天然气都没有输送过。

“北溪－2”项目总投资95亿欧元，其中俄罗斯天然气工业股份公司出资一半，法国ENGIE集团、奥地利石油天然气集团、荷兰皇家壳牌、德国Uniper公司和德国Wintershall公司各提供10%（即9.5亿欧元）的融资。项目满负荷运营后，俄罗斯每年将向欧洲输送550亿立方米管道天然气。

长期以来，美国一直百般阻挠俄欧“北溪－2”天然气管道项目的实施，认为其将使欧洲各国加深对俄能源依赖，同时会损害乌克兰的经济和战略安全。2019年12月20日，时任美国总统特朗普签署《2020财年国防授权法案》。其中，规定禁止参与实施“北溪—2”天然气管道项目的相关企业人员赴美旅行，以及冻结相关人员在美财产。法案成法后，负责该项目管道铺设的瑞士全海洋公司随后宣布暂停有关活动并开始与美国司法部交涉。对于美国以“长臂管辖”手段干涉俄欧能源合作项目，时任德国总理默克尔坚决反对。默克尔认为，该项目不仅对俄有利，而且对德乃至整个欧洲而言都非常重要，并强调该项目符合欧洲新能源法，必须让其有始有终。

费尽千辛万苦，“北溪—2”天然气管道总算于2021年9月铺设完毕，并于同年的10月份开始测试送气。然而，2022年2月22日，德国朔尔茨政府以俄乌局势急剧恶化为由，宣布中止该输气管道的启用审核程序。雪上加霜的是，2022年9月27日，丹麦国防部发布了一段“天然气泄漏”视频：在丹麦博恩霍尔姆岛的附近海域，大股气体从波罗的海海底涌出，汇聚成直径约一公里的白色漩涡。经丹麦和瑞典政府证实，泄漏的天然气来自连接俄罗斯至德国的两条海底管道：“北溪—1”和“北溪—2”。

“北溪”天然气管道泄漏或许不是一次简单的管道破损事故。2022年9月26日0时和17时，瑞典国家地震中心分别记录到两次水下爆炸，其中一次达到了2.3级地震水平，震源在丹麦博恩霍尔姆岛附近。10月3日，瑞典检察院宣布封锁“北溪”天然气管道泄漏点附近海域，并展开刑事调查。10月6日，负责初步调查的检察官马茨·永奎斯特表示：“我们可以确认，瑞典经济区内的‘北溪－1’和‘北溪－2’发生了爆炸，对天然气管道造成了破坏。”

对肇事者的猜测和指责在国际舆论场上引发“漩涡”。联合国秘书长前特别顾问、美国哥伦比亚大学经济学教授杰弗里·萨克斯10月3日接受新华社记者书面采访时表示，种种迹象表明，“北溪”天然气管道泄漏“最有可能的肇事者是美国”。该事件最大输家是俄罗斯和欧洲，令俄罗斯失去了一个谈判筹码，令欧洲更容易受到能源危机所引发的经济严重衰退的影响，令欧洲更加依赖美国。美国前国防部长高级顾问、美军退役上校道格拉斯·麦格雷戈9月底在接受美国播客视频连线采访时表示，“北溪”管道设计非常坚固，世界上没有多少国家有能力破坏管道。“北溪”是俄罗斯重要的经济来源，认为俄罗斯破坏管道的说法“很荒唐”；而德国对管道天然气有着巨大需求，也不可能是肇事者。剩下的选项不多，美国海军特种作战部队和英国皇家海军具备这个能力。

中方对“北溪”天然气管道发生多处泄漏并伴随强烈水下爆炸表示严重关切。“北溪”天然气管道是欧洲能源运输大动脉。中方愿同各方共同努力维护好跨境基础设施安全。

这就是人类命运共同体强调的“要坚持共建共享，建设一个普遍安全的世界”。哈萨克斯坦有句谚语：“吹灭别人的灯，会烧掉自己的胡子。”所以，世界更需要共建共享，不能只顾哪一个的安全，要顾及普遍安全。

“一带一路”重要倡议为沿线国家带来了共同繁荣

【我们愿同国际社会加强高质量共建“一带一路”合作，共同为促进全球互联互通做增量，让更多国家、更多民众共享发展成果。】

人类命运共同体的内涵还包括共同繁荣、开放包容、清洁美丽。其实，人类命运共同体的所有内涵我们通过“一带一路”重要倡议都能深切地感受到。

在马达加斯加，有一片曾经贫瘠的土地，现在稻浪留香，连年丰收。湖南的杂交水稻通过“一带一路”重要倡议走进非洲、走向世界，帮助马达加斯加结束了进口大米的历史。

在埃塞俄比亚，中国投资建设的东方工业园让这里的村庄和农田变成了现代化的园区。1万多当地人在东方工业园获得了工作，改善了贫困的生活。

在乌干达，中国援建的首都机场高速公路，是一条全非洲跨越沼泽、森林最多的公路。随着这条公路的通车，乌干达的经济增长也迎来了高速发展。

在埃及，整齐密集的太阳能板在沙漠中发出耀眼光芒。2020年6月，位于阿斯旺省的本班光伏产业园全面投产，曾经的沙漠变成重要的清洁能源基地，本班光伏产业园也成为世界最大光伏产业园之一。该项目图片还被印在埃及当地钱币上，

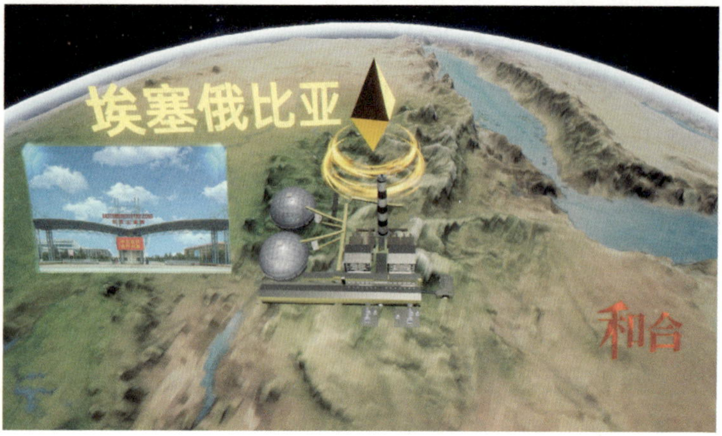

◆ 中国在埃塞俄比亚投资建设的东方工业园

成为“国家名片”。光伏发电不仅满足了当地人的用电需求，也改善着当地的能源结构，“一带一路”重要倡议给埃及带来了清洁美丽。

在希腊，一个衰败的港口比雷埃夫斯港走向复兴。“一带一路”重要倡议的东风，吹来了新设备、新技术，也吹来了中欧发展的广阔前景。

在老挝，中老铁路盛开友谊“占芭花”，这条铁路的开通，串起了中老人民的幸福生活，从此两国人民之间山不再高、路不再长。

那些曾经对“一带一路”重要倡议存有偏见甚至抱有敌意的人应该去参观参观这些项目，“一带一路”重要倡议给沿线国

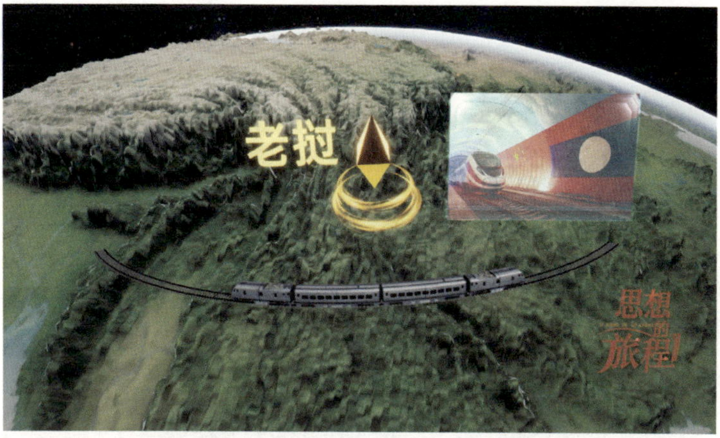

◆ 中老铁路拉近两国人民的距离

家和人民带来的实惠就是对所谓“债务陷阱”“新殖民主义”的有力回击。那么什么叫殖民主义？

1901年，英国政府修建了长达920公里的乌干达铁路。乌干达铁路其实大部分路段都在肯尼亚，铁路穿越500多公里的草原、80公里宽的裂谷带和150公里的沼泽湿地，从沿海的蒙巴萨通到维多利亚湖沿岸的基苏木。英国用乌干达铁路打开了殖民东非的大门，矿石等原料通过这条铁路源源不断地运往西方，这条平均时速只有20公里的铁路被称为“殖民铁路”，这就是殖民主义。肯尼亚独立后，2017年中国投资38亿美元，在肯尼亚修建了蒙内铁路，时速达120公里，为当地创造了近5万个工作岗位，拉动GDP增长达到1.5%。英国修建殖民铁

◆ 中国援助肯尼亚修建的蒙内铁路

路时大规模使用印度劳工，死了2500人，伤残6500人；中国修建蒙内铁路，邀请专业的环境评估公司做监督，连对野生动物的影响都尽量减少。谁是“殖民主义”高下立判。

西方强调的是实证主义，所下的每一个结论都来自过去的经验。历史上，西方进入非洲、美洲，占领原住民的土地时，确实是殖民。表面上看，西方的到来推动了当地经济的发展，但实际上，是用掠夺、驱赶、剥削甚至屠杀的方式殖民当地，将当地的文化毁于一旦并掠夺全部财富。

现在，西方看到中国进入非洲，自然需要得出一个结论。

按照实证主义思路，西方需要寻找依据，于是便把过去自己殖民的经验套在中国头上，得出中国的做法是新的殖民。但问题的本质是完全不同的。亚里士多德曾指出：“每个系统中存在一个最基本的命题，它不能被违背或删除。”西方进入非洲、美洲的本质是掠夺，是改变当地的文化，改变当地的价值观，中国进入非洲的本质不是掠夺、不是强行改变，而是帮助。

对殖民的判断，有这样几个标准：一是对当地的经济，是掠夺还是授予？二是对当地人民的态度，是奴役、压迫还是尊重？三是对当地的文化，是消灭还是包容？中国在“一带一路”的建设过程中，帮助当地的经济发展，合作共赢；大量雇佣当地劳力，为他们提供工作岗位，改善他们的生计；对当地的文化充分尊重，平等互助。

难怪肯尼亚总统肯雅塔曾说：“总有一些人喜欢对我们指手画脚，而中国则是以实际行动帮助我们推进经济社会发展议程。”“中国从不居高临下地告诉我们应该怎么做，这正是非中合作的独特之处。”

要想富，先修路。这可是中国摆脱贫困的一条重要经验。“一带一路”沿线有些国家之所以落后，其中很重要的一个原因就是基础设施建设严重滞后，一是没有技术，二是没有钱。正是基于这样一种考虑，习近平主席在2013年向国际社会正式提出“一带一路”重要倡议的同时，就提出了要建设亚洲基础设施投资银行，为“一带一路”沿线国家的建设筹措资金。2016年亚洲基础设施投资银行正式启动，高速公路、高铁、机场、港口、通信设施等成体系地推进建设，为沿线国家带来了共同繁荣。

世界怎么了？我们怎么办？到这里我们应该能找到答案了。“一带一路”、中非命运共同体、亚洲命运共同体等实践已经在世界各地描绘出一幅幅人类命运共同体的美好图景。

习近平总书记关于人类命运共同体理念的“思想的旅程”

★ **2013年3月**，习近平主席在莫斯科国际关系学院发表演讲时强调：“这个世界，各国相互联系、相互依存的程度空前加深，人类生活在同一个地球村里，生活在历史和现实交汇的同一个时空里，越来越成为你中有我、我中有你的命运共同体。”

★ **2013年9月**，习近平主席在哈萨克斯坦纳扎尔巴耶夫大学发表演讲时提出：“为了使我们欧亚各国经济联系更加紧密、相互合作更加深入、发展空间更加广阔，我们可以用创新的合作模式，共同建设‘丝绸之路经济带’。这是一项造福沿途各国人民的大事业。”

★ **2013年10月**，习近平主席在印度尼西亚国会发表重要演讲时提出：“东南亚地区自古以来就是‘海上丝绸之路’的重要枢纽，中国愿同东盟国家加强海上合作，使用好中国政府设立的中国—东盟海上合作基金，发展好海洋合作伙伴关系，共同建设21世纪‘海上丝绸之路’。中国愿通过扩大同东盟国家各领域务实合作，互通有无、优势互补，同东盟国家共享机遇、共迎挑战，实现共同发展、共同繁荣。”

★ **2015 年 9 月**，习近平主席在纽约联合国总部出席第 70 届联合国大会一般性辩论并发表重要讲话时提出："和平、发展、公平、正义、民主、自由，是全人类的共同价值，也是联合国的崇高目标。目标远未完成，我们仍须努力。当今世界，各国相互依存、休戚与共。我们要继承和弘扬联合国宪章的宗旨和原则，构建以合作共赢为核心的新型国际关系，打造人类命运共同体。"

★ **2017 年 1 月**，习近平主席在瑞士日内瓦万国宫出席"共商共筑人类命运共同体"高级别会议并发表主旨演讲，主张共同推进构建人类命运共同体伟大进程，坚持对话协商、共建共享、合作共赢、交流互鉴、绿色低碳，建设一个持久和平、普遍安全、共同繁荣、开放包容、清洁美丽的世界。

★ **2021 年 7 月**，习近平总书记在庆祝中国共产党成立 100 周年大会上讲话时提出："和平、和睦、和谐是中华民族 5000 多年来一直追求和传承的理念，中华民族的血液中没有侵略他人、称王称霸的基因。中国共产党关注人类前途命运，同世界上一切进步力量携手前进，中国始终是世界和平的建设者、全球发展的贡献者、国际秩序的维护者！"

★ **2021年9月**，习近平主席以视频连线的方式，出席第76届联合国大会一般性辩论并发表重要讲话时提出："我们必须复苏经济，推动实现更加强劲、绿色、健康的全球发展。发展是实现人民幸福的关键。面对疫情带来的严重冲击，我们要共同推动全球发展迈向平衡协调包容新阶段。"

★ **2022年10月**，习近平总书记在党的二十大报告中强调："构建人类命运共同体是世界各国人民前途所在。万物并育而不相害，道并行而不相悖。只有各国行天下之大道，和睦相处、合作共赢，繁荣才能持久，安全才有保障。中国提出了全球发展倡议、全球安全倡议，愿同国际社会一道努力落实。"

人类命运共同体倡导全人类共同价值

【我们要秉持人类命运共同体理念，坚守和平、发展、公平、正义、民主、自由的全人类共同价值，摆脱意识形态偏见，最大程度增强合作机制、理念、政策的开放性和包容性，共同维护世界和平稳定。】

仔细理解人类命运共同体的科学内涵之后，我们发现，人类命运共同体理念充满着古老的东方智慧，具有厚重的中华文明底色。它传承了中华优秀传统文化“和合共生”思想的融合精神、“天下为公”思想的公义精神、“海纳百川”思想的包容精神及“天人合一”思想的和谐精神。

马克思在探寻人的本质，解决人与人、人与自然之间的矛盾时，也提出过“真正共同体”的思想。马克思指出：“在真正的共同体的条件下，各个人在自己的联合中并通过这种联合获得自己的自由。”[1]

世界真的需要人类命运共同体理念吗？这个问题最终时间会给出答案。纵观人类发展史，本质是世界各国在曲折中走向和平与合作的历史。比如，1648年签署的《威斯特伐利亚和约》，确立了国家主权平等的原则，成为国际关系史上的里程

[1] 《马克思恩格斯文集》第1卷，人民出版社2009年版，第571页。

碑。又比如，吸取两次世界大战的深刻教训建立起来的以联合国为主体的全球治理体系，为战后70多年维护世界总体和平、促进国际合作与经济繁荣发挥了重要作用。但是，由于个别国家喜欢搞单边主义，动不动就“退群”，甚至随意找借口绕过联合国安理会入侵别的国家。如执意打造“小院高墙”“平行体系”，热衷于搞排他性的小圈子、小集团，分裂世界、泛化国家安全的概念，对其他国家的经济科技发展进行遏制，煽动意识形态对立，把经济科技问题政治化，甚至武器化，就像他们把华为的科技问题硬说成是安全问题、政治问题。因此，近年来以联合国为主体的全球治理体系越来越难以应对全球各种危机。这种大变局继续演化下去，必然会迫使各国去寻找新的共同价值。

管理学领域存在“屋顶理论”，意思是假设人们都住在房子里，房子漏水了，相比互相争吵、互相推诿，最后房子受损，不如一起站到屋顶上，去看看到底是哪家漏水。站在屋顶上，才能够审视清楚，原来这个房子才是人们共同的最根本的东西。从这个意义上说，无论是从宇宙上看地球，还是要超越面对面的对话，站到更高的屋顶上去，其实都需要人类命运共同体的理念。而人类命运共同体的目标就是继承和弘扬联合国宪章宗旨和原则，构建以合作共赢为核心的新型国际关系，它倡导的恰恰是全人类共同价值：和平、发展、公平、正义、民主、自由。

西方人对于世界和历史的认识始终是普世主义的，这实际上是一种意识形态的迷雾。他们认为，人类历史是直线前进、不断进步的过程，西方文明就代表着人类文明的最高形式。美国讲自由民主，我们姑且不论其真伪，至少听起来挺冠冕堂皇的，但问题的根本是美国总是热衷于用霸权来推动自己所谓的"价值"。如果"落后地区"不接受美国的制度和价值，甚至抵触反抗，那美国就用武力来征服、同化。2003年美国入侵伊拉克就是一个典型，美国宣称的出兵理由是为了人权保护与民主事业，听起来极其高尚且正义。近年来，美国到处煽风点火搞"颜色革命"，底层逻辑都是如此。所以美国著名政治学家塞缪尔·亨廷顿说："美国及西方文化的普世主义，造就了当今世界各式各样的文明冲突，以及此起彼伏的连天炮火。"

为什么西方"普世价值"之下，他们说的与做的有着如此大的区别？因为"普世价值"是一个在西方意识形态包装下形成的带有明显的话语陷阱的政治概念。

价值就是客体对主体的有用性。我们谈到价值的时候，一般有两个概念：一个是价值观念，另一个是价值事实。比如，我们渴了，我觉得喝一杯水就不渴了，这叫价值观念。只有你喝了这杯水，解决了渴的问题，才实现了价值事实。

"普世价值"的话语陷阱就在它的观念和事实背后。比如，西方社会宣称自由、民主、平等、博爱是人们普遍都喜欢的价值观念，这是大家普遍认同的。但什么是民主？什么是自由？民主是不是只有美国的民主才是普世的，民主是不是只有这一个模式？很显然不是。美国的民主，不论是放到伊拉克、阿富汗，还是放到利比亚，都没有起到应有的作用。每个国家的国情不同，它的价值事实也不同。

“普世价值”观念和“普世价值”事实是两个概念，这里面的话语陷阱，就是西方让你认同“普世价值”的观念，但是中间偷换概念，给你一个“普世价值”的事实，这个价值事实其实就是社会制度。西方的目的就是以美国式的民主制度来颠覆本国的制度。

我们可以打个形象的比喻，“普世价值”就像一位医生，告诉你生病了需要吃药。生病需要吃药的逻辑没有问题，但它声称自己的药是“普世药”，生病只能吃这一种药，这样的逻辑就有问题了。生病需要吃药，但药有千万种，我们应该找的是对症的药。

可以设想一下，如果“普世价值”真的像西方描述的那么好，那为什么世界没有主动拥抱它，而且美西方在输出这一价值的过程中，世界反而变得越来越乱呢？

相比之下，中国倡导的全人类共同价值，每一条都是以尊重彼此的文明为前提，每一条都是人类共同的追求。习近平总书记有一句话讲得很到位：“我们共同居住在同一个星球上，这个星球有200多个国家和地区、2500多个民族、70多亿人口，搞清一色是不可能的。这种差异不应该成为交流的障碍，更不能成为对抗的理由。不同文明、制度、道路的多样性及交流互鉴可以为人类社会进步提供强大动力。”[1]

[1] 习近平：《同舟共济创造美好未来——在亚太经合组织工商领导人峰会上的主旨演讲》，《人民日报》2018年11月18日。

英国剑桥大学政治和国际研究系前高级研究员马丁·雅克认为，我们这个时代迅速发展的趋势是世界变得越来越混乱。一方面，随着发展中国家的崛起，世界多样性正以前所未有的速度增长，并在此过程中深刻地改变着世界。另一方面，随着美国全球实力和权威的迅速削弱，每个国家都能看到美国霸权的衰落。各国正在以新的和不可预测的方式，对这种日益增长的不确定性做出反应。这可以与1918—1939年英国的衰落类比。英国当时仍是全球的霸主，但越来越弱，无法发挥这一作用。其后果是大萧条、世界秩序的崩溃、法西斯主义的兴起和战争的来临。没有理由假设或相信我们这个时代会以同样的方式结束，但这是历史对我们现在面临的危险发出的警告。这就是中国一直在寻求建立合作共赢的原因。构建人类命运共同体，建立人类共同拥有的，能够团结每个人和每个国家。例如，维护全球和平和应对气候变化的威胁。全球化使这种认同或共同利益成为可能，而且日益迫切。

联合国教科文组织总部的大楼前有一块石碑上面刻着这样一句话“战争起源于人之思想，故务需于人之思想中筑起保卫和平之屏障”，意思是在人们心中牢固树立爱好和平的思想，对实现和平具有十分重要的作用。志合者，不以山海为远。让我们努力构建人类命运共同体，在和衷共济和合共生中穿越惊涛骇浪，驶向光明未来。

源泉

丰民

无我

青绿

先手

大道

和合

本色

本色

本章访谈嘉宾为中央党校党史教研部主任罗平汉，湖南省社科院院长、省政府发展研究中心主任钟君。

一本泛黄的《延安归来》缓缓打开，好似时光之门开启。画面定格在黄炎培和毛泽东会面的照片上。黄炎培从历史照片中走出来，穿越到了2022年的中国。

看着新世界，他满眼惊奇。突然，他发现一个熟悉的场景——“窑洞对”陈设复原场景。黄炎培赶忙走近想看个究竟。

正凝神回忆时，旁边讲解员走过来拍拍他肩膀：“您好，请退至防护线后观看。”

黄炎培刚想开口，门外一下涌进不少游客。讲解员连忙迎过去开始讲解：“1945年，黄炎培在这里向毛主席发问，看历史大势，‘其兴也勃焉，其亡也忽焉’，中共诸君从过去到现在，我略略了解了的，就是希望找出一条新路，来跳出这个周期率的支配。大家知道毛主席是怎么回答的吗？”

参观团的观众你看看我、我看看你，都没有说话。黄炎培见无人应声，他高声回答：“这条新路，就是民主。只有让人民起来监督政府，政府才不敢松懈。只有人人起来负责，才不会人亡政息。”

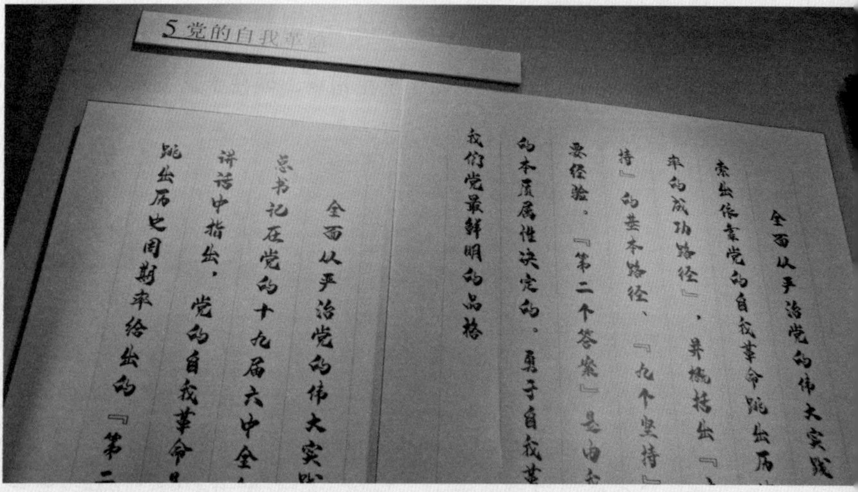

◆ 党的自我革命展板

讲解员看了黄炎培一眼，笑了：“一点也没错。看来您对‘窑洞对’很了解。那么，您知道这个问题还有第二个答案吗？”

这下，黄炎培也错愕了：“还有第二个答案？”

讲解员见他回答不上来，便笑着指了指前面墙上的一块展板，上面写着习近平总书记关于自我革命的相关论述：“党的自我革命是我们党为跳出历史周期率给出的‘第二个答案’。”讲解员斩钉截铁：“第二个答案，就是党的自我革命。”

黄炎培盯着展板，内心在寻思：“自我革命究竟是一场什么样的革命呢？70多年前延安五日所见，当然是距离我理想相当近的，今天延安之变化应是我不曾想象出的。只是，中共诸君有何秘诀，何以令党之气象欣欣向荣？”

自我革命是党跳出历史周期率的第二个答案

【我们党之所以伟大，不在于不犯错误，而在于从不讳疾忌医，敢于直面问题，勇于自我革命。】

黄炎培一生都在探求真理，但他真正认识到真理所在的，还是1945年的延安之行。

中国历史研究院里收藏了黄炎培日记。当年在延安，黄炎培只待了95个小时。在这短短的95个小时里，他走访了市场、农场、学校等很多地方，十分留心观察街市人情。比如，他看到延安的“街道是整洁的，阶下有水道，却没有看到茶馆，没有看到一个游手闲荡的人”，看到的人“不论男女都穿制服，女子学生短发，有一种蓬勃的朝气”。印象特别深刻的是，他还看到一个重庆政府没有的东西——意见箱。这个东西今天我们已经到处可见，但在当时只有延安才有。黄炎培先生说延安街头到处都挂有意见箱，人人都可以直接写信给毛主席提意见。

这些细节再现了当年延安民主自由的政治氛围，也生动地印证了毛泽东在“窑洞对”中所说的：“这条新路，就是民主。只有让人民来监督政府，政府才不敢松懈。只有人人起来负责，才不会人亡政息。”[1]

---

[1] 中共中央文献研究室编：《毛泽东年谱（1893—1949）（修订本）》中卷，中央文献出版社2013年版，第611页。

这是我们党跳出历史周期率的第一个答案，第二个答案就是自我革命。什么是自我革命呢？我们党是革命党，我们经常讲革命主要是指政治和社会革命，以统治阶级和统治者被推翻为标志，通俗地说就是革别人的命，为什么还要革自己的命呢？

很多生命力顽强的自然生物，如雄鹰、巨蟒，到了一定的生长阶段，都要经受艰难而残酷的自我蜕变考验，完成了就能获得新生，否则就走向死亡。1945年，党的七大在延安杨家岭中央大礼堂召开，会场两边插的红旗上绣着“坚持真理，修正错误”八个大字。可以说，我们党所走过的历史就是一部坚持真理、修正错误的历史。坚持真理、修正错误是我们党的优良传统和鲜明政治品格。作为一个政党要保持旺盛的生命力，同样也有自我革命的问题，否则就很难实现自我突破和超越。自我革命，就是加强党的建设，清除一切损害党的先进性和纯洁性的因素。2022年7月，习近平总书记在省部级主要领导干部“学习习近平总书记重要讲话精神，迎接党的二十大”专题研讨班上深刻指出：“全党必须深刻认识到，党面临的执政考验、改革开放考验、市场经济考验、外部环境考验将长期存在，精神懈怠危险、能力不足危险、脱离群众危险、消极腐败危险将长期存在，全面从严治党永远在路上，党的自我革命永远在路上。”[1]

[1] 《高举中国特色社会主义伟大旗帜 奋力谱写全面建设社会主义现代化国家崭新篇章》，《人民日报》2022年7月28日。

党面临的“赶考”远未结束

【新形势下，我们党面临着许多严峻挑战，党内存在着许多亟待解决的问题。尤其是一些党员干部中发生的贪污腐败、脱离群众、形式主义、官僚主义等问题，必须下大气力解决。】

四大危险究竟是多大的危险？四大考验究竟是多大的考验？让我们先回到10年前，探究一下我们党坚决推进自我革命的原因。

那时的西湖，四周呈现各种楼堂馆所：菩提精舍、大宅门、西湖会、江南会、御尊园等，从地图上看把西湖包围得严严实实。一张“会所西湖”地图在网上爆火。据当时的媒体报道，环西湖周边至少有40多家会所，占据了西湖绝版风景，以致有人称当时的西湖已成为“私家西湖”。

菩提精舍，位于西湖风景名胜区北山街44—49号，建于20世纪20年代。建筑共两进，前一进为砖木结构歇山顶传统建筑，后一进是具有中西合璧风格的砖木结构合院式建筑。沿北山街，精致的门楼高6米左右，石条石板，飞檐翘角，上书“菩提精舍”4个大字。这个地方现在是中国共产党杭州历史馆。如今这里游人如织，很多人来到这里学习参观。可是在那时，这里是西湖边上一个名为菩提精舍的会所，以“燕翅鲍”等极品私房菜闻名，来消费的非富即贵，普通老百姓根本进不来。怪不得党中央要下定决心去整治“会所中的歪风”。

◆ “菩提精舍”被改造成为中国共产党杭州历史馆

“会所中的歪风”确实让老百姓很反感。过去一些地方将历史建筑、公园等公共资源变为私人会所，其中还存在着违法设立经营、侵占群众利益、助长奢靡之风、滋生腐败行为等问题。更有一些党员领导干部出入私人会所，吃喝玩乐，甚至搞权钱交易、权色交易等，严重影响党风政风，带坏社会风气。习近平总书记对此深恶痛绝，他在听取西湖周边会所整治工作汇报时就严厉指出：“公共资源不能为少数人垄断享用，更不能搞不正之风，败坏社会风气。”

中央八项规定出台后，“会所中的歪风”逐渐被遏制。当年闲人莫入的西湖会所，现在大多也已成为百姓茶馆、书画院、

◆ 嘉宾罗平汉

博物馆等公众场所。但是还有一些问题，比如“舌尖上的浪费”“车轮上的铺张”“节日中的腐败”也一度形势严峻。

除了奢靡之风、享乐主义，还有形式主义、官僚主义的突出问题。2012年9月13日晚，一条内容为“领导冒雨视察工作”的微博引发网民的集体吐槽。在这条微博的图片中，工作人员拿消防水枪朝天上喷水，几位领导模样的人打着伞，“冒雨”现场办公，前方还有摄像机在拍摄。问题是，这不是拍电影，而是摆拍造假。那时候这种事情没少见，比如学生淋雨表演、领导打着伞观看。又比如，铺红地毯植树、使用软件制作“悬浮照”视察工作和慰问老人等，每一次引起群嘲的同时也引起群愤。

现在回头再看这些问题，有点后背发凉的感觉，脱离群众已经严重到了极端危险的地步。“四风”问题有多严重，群众意

◆ 嘉宾钟君

见就有多大！

对于这个问题，党的第三个历史《决议》中有一段论述：一段时间以来，“由于一度出现管党不力、治党不严问题，有些党员、干部政治信仰出现严重危机，一些地方和部门选人用人风气不正，形式主义、官僚主义、享乐主义和奢靡之风盛行，特权思想和特权现象较为普遍存在”，“贪腐程度触目惊心”。[1]

2013年7月，习近平总书记到西柏坡考察时，当地一名干

[1]《中共中央关于党的百年奋斗重大成就和历史经验的决议》，人民出版社2021年版，第29页。

部提出了一个问题："百姓生活在逐渐提高，为什么感觉和我们的距离反而有点远了？"习近平总书记表示："六十多年过去了，我们取得了巨大进步，中国人民站起来了，富起来了，但我们面临的挑战和问题依然严峻复杂，应该说，党面临的'赶考'远未结束。"[1]

2012年12月4日，中共中央政治局召开会议，审议通过了中央八项规定。可能当时没有人会想到，就是自此开始，全党全社会迎来了一场激浊扬清的风气巨变。以习近平同志为核心的党中央就是从作风建设开局起步，从制定和落实中央八项规定破题，由此拉开了全面从严治党，推进自我革命的大幕。

全面从严治党是一场伟大的自我革命

【办好中国的事情，关键在党、关键在全面从严治党。只要大力弘扬伟大建党精神，不忘初心使命，勇于自我革命，不断清除一切损害党的先进性和纯洁性的有害因素，不断清除一切侵蚀党的健康肌体的病原体，我们就一定能够确保党不变质、不变色、不变味。】

江苏省镇江市丹徒区世业镇永茂圩村有一位叫崔荣海的老

[1] 《习近平关于实现中华民族伟大复兴的中国梦论述摘编》，中央文献出版社2013年版，第85页。

◆ 江苏省镇江市丹徒区世业镇永茂圩村

人，他是一位有着50多年党龄的老党员，也是一位远近闻名的明星党员。为什么说是明星，是因为他的一张照片在国家博物馆展出过，准确地说是习近平总书记亲切地跟他握手的照片。这张照片拍摄于2014年12月13日。习近平总书记到崔荣海所在的村考察。看到习近平总书记他内心很激动，有几句心里话也很想说给习近平总书记听，他于是挤到人群前面，紧紧握着习近平总书记的手说："总书记，您好！您是腐败分子的克星，全国人民的福星！"习近平总书记微笑着回答："不辜负全国人民的期望。"

2022年，崔荣海80多岁了，50多年前就入了党。过去有一段时间我们党的风气出现了问题，请客送礼没人管，公款吃喝无人问，看到这些他心里很痛心，如果再不严管，我们党在群众中的威信就受到严重影响。党的十八大以来，习近平总书记带头执行八项规定，进行反腐败斗争，党风政风为之一新。这些年他明显感受到，镇里、村里领导干部的作风比以前好多了。如今8年过去了，管党治党没松劲，当年好多人以为八项规定是一阵风，没想到这风一刮就停不下来了。

崔老真的是说了许多老百姓的心声。值得一提的是，正是在这次江苏之行，习近平总书记第一次提出了全面从严治党，并将其纳入全面建成小康社会、全面深化改革、全面依法治国“四个全面”战略布局。这是我们党历史上，第一次提出全面从严治党的时代命题。

习近平总书记深刻指出：“全面从严治党，核心是加强党的领导，基础在全面，关键在严，要害在治。”[1]这个“全面”的意思是，除了作风从严、反腐从严，还包括思想从严、监督从严、执纪从严、治吏从严等方方面面，实际上全面从严治党就是一场刀刃向内的伟大自我革命。

这里面老百姓感受最深的就是反腐败。近年来《人民的名义》《突围》《扫黑风暴》等“反腐剧”的大火就说明了这一点。现实中，确实也有那么一些蛀虫，贪腐已经到了无以复加的地

[1] 《习近平关于“不忘初心、牢记使命”论述摘编》，党建读物出版社、中央文献出版社2019年版，第155页。

步，竟然贪几个亿的都有。2018年哈尔滨市电业局原副局长李某被查，光是豪车就上百辆，有劳斯莱斯、宾利、悍马、限量版克莱斯勒猎兽、限量版老爷车光冈女王等，总价值近亿元。

腐败分子的贪婪程度和胆大妄为已远远超出了人们的想象，真是触目惊心。这也说明反腐败斗争的严峻性、复杂性和紧迫性远比我们想象的更为严重和迫切。

腐败的危险性大家都知道。近年来，一些国家因长期积累的矛盾导致民怨载道、社会动荡、政权垮台，其中贪污腐败就是一个很重要的原因。党的十八大召开后不久，习近平总书记发出过强烈警告：“腐败问题越演越烈，最终必然会亡党亡国！”[1] 2012年12月，距离党的十八大落幕不过20余天，当选十八届中央候补委员还未满月的四川省委副书记李春城被查，党的十八大后的“首虎”应声落马。自此，一场中共党史上力度空前的反腐败斗争拉开序幕，周永康、薄熙来、孙政才、令计划等一批“大老虎”先后落马……党的十八大以来，全国纪检监察机关共立案464.8万余件，其中，立案审查调查中管干部553人，处分厅局级干部2.5万多人、县处级干部18.2万多人。

我们党深化纪检监察体制改革，健全党和国家监督体系，

[1] 《习近平关于全面从严治党论述摘编》，中央文献出版社2016年版，第175页。

毫不手软地“打虎”“拍蝇”“猎狐”，一体化推进不敢腐、不能腐、不想腐，都是为了最彻底地自我革命。

反腐败成效怎么样，我们用两个数据来说明：一是从2012年12月到2021年5月，纪检监察机关共立案审查调查省部级以上领导干部392人；二是群众对全面从严治党、遏制腐败的信心从2012年的79.3%上升到2020年的95.8%，8年间提高了16.5个百分点。

可以说，我们构建一个“不能腐”的制度体系，形成一个“不敢腐”的社会氛围，效果非常好，但还有一个问题，那就是“不想腐”。“不想腐”就是要解决人们的思想观念和理想信念的问题，这就要靠在全党开展集中的学习教育，这也是我们党推进自我革命的重要途径。

对人们进行思想上的教育，特别是党性的教育非常重要。所以总书记也多次讲，修炼党性也是共产党人的心学，要修炼好共产党人的心学。

党的十八大以来，习近平总书记亲自谋划，先后部署开展了党的群众路线教育实践活动、“三严三实”专题教育、“两学一做”学习教育、“不忘初心、牢记使命”主题教育、党史学习教育等5次党内集中学习教育，频度之密、力度之大、成效之显著，放眼百年党史都不多见。

党内集中学习教育就是为广大党员干部补钙壮骨、固本培元，加强思想教育和理论武装，以达到自我净化、自我完善、自我革新、自我提高的目的，保持党的先进性和纯洁性。中国共产党还有一个全世界独一无二的“专利产品”——民主生活会。每一次党内集中教育之后，都要求从上至下开一场专题民主生活会，严肃开展批评和自我批评，达到红脸出汗、排毒治病的效果。

坚定不移反腐败，驰而不息纠“四风”，大力推进政治建设，持续强化理论武装，这10年来，我们党以自我革命精神推进全面从严治党，这是一个系统工程，比如在思想上解决人们“不想腐”的问题，从思想上筑牢思想的堤坝，把人们的理想信念进一步巩固，在作风上规范人们的外在行为，更重要的还有建章立制等一系列的组合拳。经过坚决斗争，管党治党宽松软状况得到根本扭转，反腐败斗争取得压倒性胜利并全面巩固，消除了党、国家、军队内部存在的严重隐患，党在革命性锻造中更加坚强。

毫不动摇把党建设得更加坚强有力

【要把新时代坚持和发展中国特色社会主义这场伟大社会革命进行好，我们党必须勇于进行自我革命，把党建设得更加坚强有力。】

我们党反复强调自我革命，一个重要目的就是要把我们党建设得更加坚强有力，确保我们党始终成为坚强领导核心。这些年我们经常说“坚持加强党的领导”，怎么理解这句话的深刻内涵？我们可以到湖南湘西的茅坡村去看看。

◆ 湖南怀化溆浦县北斗溪镇茅坡村

茅坡村，位于湖南怀化溆浦县北斗溪镇，这里山清水秀、产兴业旺、生机盎然，是湖南十大文旅小镇，也是一个远近闻名的“网红村”。4年前这里却是另外一番景象。村民宋先才说，以前茅坡村环境差、没产业，人心不齐，干啥都困难。之所以出现这种情况，主要是党组织软弱涣散。举个例子，以前村里只有30个党员，村支部可以带领全村900个劳动力，建起一座大桥。后来村里有60多个党员了，反而干不成事。因为说话没人听，干事没人跟。2018年，别的村都脱贫了，茅坡村反而得了一顶“软弱涣散村”的帽子。

这是一个有点“丢面子”的警告，却没想到反给问题的解决提供了一个契机。村支书梁杰说：我们从加强党建入手，内抓组织生活，外抓服务群众，实施党员包户，开展民情恳谈。恰逢北斗溪镇争创湖南十大特色文旅小镇，我们全体党员干部出动跟群众商量沟通，一个晚上，70多户都签了同意书。现在我们不但甩掉了“软弱涣散村”的帽子，还发展起了各种产业。

有一段时间，党组织涣散的现象比较普遍。十八届中央在任期内开展了12轮巡视，对277个单位党组织进行了巡视，对16个省区市开展了“回头看”。通过巡视发现，党内普遍存在的突出问题是党的领导弱化、党的建设缺失、全面从严治党不力，特别是一些基层党组织弱化、虚化、边缘化问题严重。比如，中央巡视组对某国有大型骨干企业进行专项巡视时，竟然发现有30多家所属单位未成立党组织，很多党员长期处于脱管状态。

如果党出了问题，后果很严重，如果党的领导出了问题，后果也很严重。正是因为有这样清醒的认识。党的十八大以来，以习近平同志为核心的党中央坚持和加强党对一切工作的领导。通过持续10年的正风反腐，重塑了党，密切了党群干群关系，厚植了党的执政根基；通过持续10年全面加强党的领导，解决了过去一个时期落实党的领导弱化、虚化、淡化、边缘化问题，党中央权威和集中统一领导得到全面加强；通过持续10年加强组织建设，党的组织体系更加严密，党的“细胞”更有活力；通过持续10年的改革探索，党的领导制度体系不断完善，党的领导方式更加科学，全党思想上更加统一、政治上更加团结、行动上更加一致，党在革命性锻造中变得更加坚强有力。

特别是新时代这10年干群关系发生了很大的变化，改善很多。过去相当长一段时期里面，干群关系被人形象地叫做“油水关系”，现在又恢复到了曾经的鱼水关系。曾经老百姓叫做“老不信”，对党和政府不信任，但是现在我们加强了党的领导，“老不信”又变回了老百姓。

新时代这10年的变化太大了，党的肌体越来越强，党的初心也越擦越亮。举一个例子，有部反腐剧中有一个经典的桥段：群众需要半蹲着在窗口办事，这是对过去脱离群众的一种影射。如果大家有机会到湖南湘江新区来看看，那里有一个“办不成事受理窗口”，群众急难愁盼的问题都可以在这个窗口得到解决。这个对比，可以很形象地说明问题。

党的十八大以来，党中央高度重视制度建设。截至2021年7月1日，现行有效党内法规达到3615部，为全面从严治党提供了规范化、法治化的保障。当然，这里面都贯彻着习近平总书记管党治党的重要思想。

习近平总书记关于自我革命重要论述的“思想的旅程”

★ **2012年11月**，刚刚当选中共中央总书记的习近平面对中外记者，谈及党内存在的贪污腐败等问题时态度鲜明：“新形势下，我们党面临着许多严峻挑战，党内存在着许多亟待解决的问题。尤其是一些党员干部中发生的贪污腐败、脱离群众、形式主义、官僚主义等问题，必须下大气力解决。全党必须警醒起来。”

★ **2014年10月**，习近平总书记在党的群众路线教育实践活动总结大会上的讲话中提出“全面推进从严治党”，并对全面从严治党作出新的战略部署。

★ **2014年12月**，习近平总书记在江苏考察调研时提出将全面从严治党纳入“四个全面”战略布局。

★ **2016年7月**，习近平总书记在庆祝中国共产党成立95周年大会上的讲话中提出：“全党要以自我革命的政治勇气，着力解决党自身存在的突出问题，不断增强党自我净化、自我完善、自我革新、自我提高能力，经受‘四大考验’、克服‘四种危险’，确保党始终成为中国特色社会主义事业的坚强领导核心。”

★ **2017年2月**，习近平总书记在省部级主要领导干部学习贯彻党的十八届六中全会精神专题研讨班开班仪式上发表重要讲话时强调，勇于自我革命，是我们党最鲜明的品格，也是我们党最大的优势。

★ **2017年10月**，习近平总书记在党的十九大报告中提出新时代党的建设总要求，目标是把党建设成为始终走在时代前列、人民衷心拥护、勇于自我革命、经得起各种风浪考验、朝气蓬勃的马克思主义执政党。

★ **2017年10月**，习近平总书记在十九届中共中央政治局常委同中外记者见面时强调："中国共产党能够带领人民进行伟大的社会革命，也能够进行伟大的自我革命。"

★ **2021年11月**，习近平总书记在党的十九届六中全会第二次全体会议上讲话指出，自我革命是我们党跳出历史周期率的第二个答案。

★ **2022年10月**，习近平总书记在党的二十大报告中强调："全党必须牢记，全面从严治党永远在路上，党的自我革命永远在路上。"

勇于自我革命是我们党最鲜明的品格

【勇于自我革命，从严管党治党，是我们党最鲜明的品格。】

习近平总书记关于自我革命的重要论述，既是马克思主义建党理论与实践的内在要求，也是中华优秀传统文化的自省精神、忧患意识在新时代全面从严治党过程中的创造性转化。

“君子之过也，如日月之食焉：过也，人皆见之；更也，人皆仰之。”习近平总书记曾引用过子贡这句话，其本意是，君子的过错就像天上的日食和月食一样，他犯了错误，人们都看得见。他改正了错误，人们也照样会景仰他。那一个政党应该如何对待自己所犯的错误呢？

列宁曾深刻指出：“一个政党对自己的错误所抱的态度，是衡量这个党是否郑重，是否真正履行它对本阶级和劳动群众所负义务的一个最重要最可靠的尺度。公开承认错误，揭露犯错误的原因，分析产生错误的环境，仔细讨论改正错误的方法——这才是一个郑重的党的标志。”[1] 习近平总书记深刻指出：“勇于自我革命，是我们党最鲜明的品格，也是我们党最大的优势。中国共产党的伟大不在于不犯错误，而在于从不讳疾忌医，敢于直面问题，勇于自我革命，具有极强的自我修

[1] 《列宁全集》第39卷，人民出版社2017年版，第37页。

复能力。”[1]

俗话说，革别人的命容易，革自己的命难，犹如拿起手术刀给自己动手术。自我革命确实需要很大的勇气，就像鲁迅先生所说，我的确时时刻刻解剖别人，然而更多的是无情地解剖自己。我们党之所以有自我革命的勇气，是因为除了国家、民族、人民的利益，党没有任何自己的特殊利益；党的性质和根本宗旨决定了我们党能够做到勇于自我革命。正是因为没有私利诉求，我们党才能天下为公，人民为上，才能从人民根本利益出发，去检视自己的缺点错误，发现问题、解决问题，承认错误、改正错误。

“我认为中共朋友最可宝贵的精神，倒是不断地要好，不断地求进步，这种精神充分发挥出来，前途希望是无限的。”这是黄炎培在《延安归来》中所说的话。虽然当时还没有自我革命的说法，但黄炎培所赞扬的“不断地要好，不断地求进步”的精神，其实就是一种自我革命的精神。如果缺失了这种精神会怎样？

苏共就是一个反面的例子。曾担任过苏共领导人戈尔巴乔夫助手的瓦博尔金认为，苏共就是一个缺乏自我革命的政党。苏共在历史上不断地同各种派别、反党集团、机会主义分子、倾向分子、派别分子等政治敌人进行斗争，但它还从来没有同

[1] 习近平：《论坚持全面深化改革》，中央文献出版社2018年版，第325页。

自己上层中的贪污受贿者、自私自利者做过斗争。由于缺乏自我革命精神，苏共后期信仰缺失、党员宗旨意识淡漠、干部腐化变质、特权现象和官僚主义盛行，苏共的性质发生了根本变化，最后导致了亡党亡国。

而与之相反，中国共产党为什么能够始终保持旺盛生机和活力，就是因为注重自我革命。中国共产党的百年历史，既是一部波澜壮阔的社会革命史，也是一部激浊扬清的自我革命史。可以说，勇于自我革命是中国共产党区别于其他政党的显著标志。当今世界上，有百年历史的政党有66个，分布在全世界22个国家或地区。而在这66个百年政党中，建立有国家政权、创建一种新型政党制度并长期全面执政的唯有中国共产党。

中国共产党为什么能？从原民主德国统一社会党总书记埃贡·克伦茨的经历中我们可以获得感悟。

1949年，克伦茨12岁，中国仍是一个封建或半封建的国家。而今，中国已成为世界第二大工业强国。他认为，这主要源于中国共产党对社会主义根本目标的坚持。比如，他曾在党的十九大报告中听到《矛盾论》的一些观点，说明中国共产党的很多理论是一脉相承的。无论出现什么困难，中国共产党的社会主义目标一直是很明确的，而且理论不断丰富，形成中国特色社会主义。也就是说，中国共产党把社会主义学说、马列主义学说以及中华民族优秀传统有机地结合到了一起，由此形成的党的领导、国家的领导和人民之间的关系与欧洲截然不同。

1989年，克伦茨52岁，他在北京看到人们主要交通工具是自行车，很多人穿着制服。过去几年，当他再次来到北京时，却发现街上的轿车越来越多，人们穿着鲜艳的衣服。他认为，这是中国共产党执政方式正确的一个标志。

克伦茨强调，没有任何国家能像中国一样制定如此长期的目标。到2049年中华人民共和国成立一百年之际，中国将建成富强民主文明和谐美丽的社会主义现代化强国，一个伟大的中国梦展现在人们面前，这与所谓的“洗碗工一夜暴富”的美国梦截然不同。中国梦关乎整个民族的小康和幸福，是“中国共产党之所以能”的关键。

克伦茨认为，中国共产党始终坚持自我革命。一个党、一个国家如何评价自己的历史非常重要。中国虽然存在某些缺陷，但总体是非常好的。用发展的眼光思考问题，人们应善于听取批评、总结失败经验从而取得成功。中国共产党的自我革命很好地打击了腐败、滥用职权，是一个创新，是一个关乎中国共产党人的道德观和世界观的斗争。

大约100年前，中国共产党刚刚成立的时候，德国共产党主席恩斯特·台尔曼说：“世界在盯着中国。”如今已经过了100年，现在全世界仍旧在盯着中国，盯着中国经济的腾飞或者社会政策的走向。为什么许多西方国家的领导人害怕中国？原因在于：第一，西方害怕竞争，因为中国经济体量已经变得

◆ 埃贡 · 克伦茨

庞大。第二，西方害怕中国共产党在非洲、亚洲和拉丁美洲国家产生的影响力。在德国甚至欧盟，恐惧感和想象力损害其与中国的贸易关系。但是商人是持相反意见的，因为他们很清楚地知道，在经济上彼此的依赖是多么紧密。可惜的是，欧洲人秉持欧洲中心主义来看待中国，人们不了解中国，不能理解中国人的思维方式，不明白中国人是如何维系这个国家的，不明白中国共产党为何能得到中国人民的拥护。因此，中国目前存在的教育资源不足等问题在欧洲经常会被负面地报道出来。为了客观地向世界描述出中国的发展，克伦茨特意写了《我如何看中国》，记录了“中国的成功”和“在中国是如何生活的”。

总之，自延安“窑洞对”开始，我们党就不断在探索跳出历史周期率的有效途径。从依靠民主到依靠自我革命，两个答案，跨越了一个政党从弱小到强大、从九死一生到蓬勃兴盛的漫长岁月。从探寻党和人民的关系，到将目光同时放到党的自身、反求诸己，是一脉相承的，是走好“赶考”之路的清醒坚定，是走得再远都不会忘记的初心使命和历史自信，当然这也是确保我们马克思主义政党本质不变、本色不改的关键所在。

结语

追寻思想的火炬，感受理论的光芒。当我们沿着理论和实践交相辉映的思想旅程一路走来，可以见证习近平新时代中国特色社会主义思想的真理之光，如何照亮一个伟大民族走向复兴的浩荡征程，如何激荡一个百年大党砥砺奋进的磅礴力量，站在百年交汇的历史节点，迈向强国复兴的壮阔征程，我们坚持“两个确立”，不忘初心、牢记使命，一定能全面建成社会主义现代化强国，实现中华民族伟大复兴，领略到民族未来碧空如洗的大美苍穹。

图书在版编目（CIP）数据

思想的旅程／湖南广播电视台主编．—长沙：湖南人民出版社，2023.4
ISBN 978-7-5561-3107-5

Ⅰ．①思… Ⅱ．①湖… Ⅲ．①电视节目——解说词——中国——当代 Ⅳ．① I235.2

中国版本图书馆 CIP 数据核字（2022）第 222772 号

SIXIANG DE lü CHENG
思想的旅程

主　　编：湖南广播电视台
出版统筹：黎晓慧　姚　恋
策　　划：姚　恋
责任编辑：聂双武　杨蕙萌　李志刚
责任校对：陈卫平　曾庆全
责任印制：田雅仙
装帧设计：马天玲

出　　版：湖南人民出版社　东方出版社
地　　址：长沙市营盘东路 3 号　北京市东城区朝阳门内大街 166 号
邮　　编：410005　100010
发　　行：人民东方出版传媒有限公司
地　　址：北京市东城区朝阳门内大街 166 号
邮　　编：100010

印　　刷：三河市龙大印装有限公司
版　　次：2023 年 4 月第 1 版
印　　次：2023 年 4 月第 1 次印刷
开　　本：640 毫米 × 950 毫米　1/16
印　　张：15
字　　数：155 千字
书　　号：ISBN 978-7-5561-3107-5
定　　价：59.80 元
发行电话：（010）85924663　85924644　85924641